LU
CÍO
LA

José de Alencar

LUCÍOLA

UM PERFIL DE MULHER

textos informativos: fátima mesquita

PANDA BOOKS

Direção editorial
Marcelo Duarte
Patth Pachas
Tatiana Fulas

Gerente editorial
Vanessa Sayuri Sawada

Assistentes editoriais
Henrique Torres
Laís Cerullo
Samantha Culceag

Projeto gráfico e capa
Casa Rex

Diagramação e pesquisa iconográfica
Daniel Argento

Notas
Fátima Mesquita

Estabelecimento de texto
Ronald Polito

Edição das notas
Mayara Freitas

Revisão
Mayara Freitas
Gabriel Provinzano
Ronald Polito

Fotos
P. 28: © Rafael Castro Y Ordoñez/Biblioteca Nacional; p. 31: © presente de dr. Henry R. Rado, miss Margaret H. Rado e dr. Alfred Rado/Product Design and Decorative Arts Department/Cooper Hewitt, Smithsonian Design Museum; p. 43: O último tílburi, *1928 © Gustavo Dall'ara/Acervo Museu da República/ Instituto Brasileiro de Museus/Ministério da Cultura; p. 57: © Purchase, Joseph Pulitzer Bequest, 1940/The Metropolitan Museum of Art; p. 60: © Rafael Sanzio/Stanza della Segnatura/Stanze di Raffaello/Musei Vaticani; p. 61: © Science Museum/Wellcome Collection/ CC BY-SA 4.0; p. 65: © Vectorpocket/Freepik; p. 92: © Falk Benjamin J./Wallach Division Picture Collection/The New York Public Library.*

Impressão
Loyola

Este livro foi estabelecido com base na terceira edição revista pelo autor, de 1872, publicada por B. L. Garnier, Rio de Janeiro; e na edição, de 1862, publicada pela Typ. Franceza de Frederico Arfvedson, Rio de Janeiro.

CIP-BRASIL. CATALOGAÇÃO NA PUBLICAÇÃO
SINDICATO NACIONAL DOS EDITORES DE LIVROS, RJ

A353L
Alencar, José de, 1829-1877
Lucíola: um perfil de mulher / José de Alencar; textos informativos Fátima Mesquita. – 1. ed. – São Paulo: Panda Books, 2023. 200 p.; 23 cm.

ISBN 978-65-5697-274-9

1. Romance brasileiro. I. Mesquita, Fátima. II. Título.

23-84679 CDD: 869.3
CDU: 82-31(81)

Bibliotecária: Meri Gleice Rodrigues de Souza – CRB-7/6439

2023

Um selo da Editora Original Ltda.
Rua Henrique Schaumann, 286, cj. 41
05413-010 – São Paulo – SP
Tel./Fax: (11) 3088-8444
edoriginal@pandabooks.com.br
www.pandabooks.com.br
Visite nosso Facebook, Instagram e Twitter.

O QUE É UM CLÁSSICO?

Não sei você, mas pra mim "clássico" mesmo é jogo de futebol, tipo Fla X Flu, Coringão X Porco, Brasil X Argentina. Só que, na escola, os professores de português e de literatura cismavam em dizer que "clássico" eram os livros chatos que eles queriam porque queriam que a turma toda lesse. Ah, e não bastava empurrar pra cima da gente livro velho de fala complicada que a gente mal entendia. Além disso, eles ainda queriam que a gente fizesse exercício e prova sobre os textos. Pode haver castigo maior? E por que é assim?

Na minha aventura para tentar entender esse grande mistério da humanidade, comecei checando no dicionário o que quer dizer a palavra "clássico". A definição varia de A a Z, mas lá pelas tantas diz mais ou menos assim: "Obra que se mantém ao longo dos tempos, que se tornou um modelo de inspiração, que pela sua qualidade obteve consagração definitiva".

Beleza. Pra mim, saber melhor o que é considerado um "clássico" já ajudava a entender muita coisa, mas não mudava a minha opinião de que os clássicos eram uns chatos de galocha! E eu segui batendo nessa tecla por muito tempo, até que resolvi reler livros que eu havia empurrado com a barriga na escola pra ver se dava para acabar com essa conversa de sempre: de que os tais "clássicos da literatura brasileira" eram uns livros mais chatos que bêbado contando sonho. E, galera, vou admitir: quanto mais eu lia, mais eu gostava do que eu lia e mais eu me espantava com isso :)

RAPAZ DAS ALTAS

José Martiniano de Alencar era cearense, nasceu em 1º de maio de 1829, era filho de um senador do Império e logo seguiu a vida do pai na política, se elegendo por quatro vezes deputado pelo Ceará e ainda chegando a ser ministro da justiça e senador. Ele cresceu vendo de perto o dia a dia do sertanejo, do matuto cearense, e observando a natureza, e isso, com certeza, está presente em muitos dos seus livros.

Alencar estudou direito (parte em Olinda e parte em São Paulo) e trabalhou como jornalista, poeta, romancista, crítico e ensaísta. Aliás, ele começou a publicar os primeiros escritos quando era ainda estudante. Quando se formou, o escritor mudou de mala e cuia pro Rio, onde ficou até morrer em 1877 de tuberculose (que ele tinha desde criança), aos 48 anos de idade, depois de uma temporada na Europa pra um tratamento que não deu muitos resultados.

Como quase sempre acontecia antigamente, os primeiros trabalhos de Alencar saíram em capítulos. Eram os chamados folhetins, publicados aos pouquinhos, em jornais, com o povo comprando para seguir o enredo, como hoje em dia a galera acompanha novelas e seriados. Foi assim com *Cinco minutos* (1856) e *A viuvinha* (1857), por exemplo. Se bem que a fama desse cearense veio mesmo com *O guarani*, que saiu em 1857.

ESTILO BEM BRASIL

Boa parte dos livros de José de Alencar explora o Brasil, a ideia do que é ser brasileiro, da identidade nacional, do que nos diferencia do europeu, do português. Foi assim quando ele enveredou pelos temas históricos, falando da busca pelo ouro ou das batalhas pela expansão territorial em obras cheias de patriotismo como *As minas de prata*, *Alfarrábios* e *A guerra dos mascates*. Coisa semelhante a gente também nota nos seus livros de temas indianistas, como *O guarani*, *Ubirajara* e *Iracema*, ou quando ele foi mais pro lado regionalista com *O gaúcho*, *O tronco do ipê*, *Til* e *O sertanejo*. Nesses romances, José de Alencar leva o leitor a áreas do Brasil afastadas da influência europeia que era evidente no Rio de Janeiro, mostrando, de repente, os pampas, o interior de São Paulo ou o homem do sertão do Nordeste.

Até mesmo quando Alencar explorou a vida urbana foi de um jeito diferente. Debaixo das tramas de amor, cheias de segredinhos e muito suspense, aos poucos, o leitor vai encontrando críticas à hipocrisia e à desigualdade social, que eram comuns na época do chamado Segundo Reinado no Rio. Isso a gente vê muito claramente em trabalhos como *Senhora* (que é o mais importante deles), este nosso *Lucíola*, *Cinco minutos*, *A viuvinha*, *Diva*, *A pata da gazela*, *Sonhos d'ouro* e *Encarnação*.

Aliás, por ter sido mesmo o primeirão a mostrar o Brasil, a falar do Brasil e dos brasileiros, da tal da identidade nacional em seus livros, José de Alencar é considerado o pai da literatura nacionalista brasileira, usando e abusando de um vocabulário e de um jeito de construir as frases que era diferente, que passava mesmo longe do português usado até então nos livros. Ah, e ele é considerado também o maior escritor do Romantismo do nosso país.

SEXO, DRAMA E VAI-QUE-EU-NÃO-VOU

Um rapaz pernambucano se forma em direito em 1855 e pica a mula para a cidade do Rio de Janeiro, que era a capital do país e o lugar onde tudo acontecia. O cara – Paulo – mal coloca o pé por lá e tem um encontro bem chinfrim com uma moça, que é a Lucíola do título. Pois não é que bastou aquele encontrico fuleiro de tudo para ele se apaixonar sem nem saber necas de pitibiriba dela?

Dali um tempo, Paulo descobre que ela é uma prostituta fina e mal acredita nisso, porque havia feito praticamente uma série da Netflix na cabeça, idealizando a moça como uma donzela pura, quase uma santa que mal pisava no chão. Então, a relação deles avança num maremoto constante de enganos, sempre sem sossego. Eles transam, brigam, se amam, ficam afastados uns parágrafos, voltam... Tudo complicado até demais. Mas aos poucos o novelo vai se desvelando, e a gente vê que tem um segredo no meio do caminho. E é nessa altura, minha gente, que a curiosidade faz eu, você, todo mundo se agarrar às páginas: como é que ele vai resolver esse vai-não-vai do casal?

Não vou dar *spoiler* aqui sobre como o enrosco se desenrosca, certo? Só vou mesmo é contar sobre o babado forte que se instaurou quando José de Alencar lançou este livro em 1862, porque, apesar de toda a nata da sociedade de então conviver com as prostitutas de luxo, com os homens tendo casos com elas e as senhoras mães ou esposas fingindo que não viam nada, colocar aquilo no papel funcionou como um choque de chuveiro com fio desencapado em muita gente, que resolveu torcer o nariz para *Lucíola* e para o autor.

Além disso, teve quem apontasse o dedo acusador para a obra e o autor porque eles acharam que era tudo muito parecido com o livro *A dama das camélias*, escrito em 1848 pelo francês Alexandre Dumas – o filho, porque o pai de mesmo nome escreveu foi *Os três mosqueteiros* e outros hits.

Fotos para contextualizar a cena.

Sugestões de pesquisa na internet.

Comentários curtos e curiosidades.

Dicas de vídeos para assistir on-line.

Significado de palavras e expressões em vermelho.

De um jeito ou de outro, vale demais conferir como essa mulher independente e sensual do século XIX era vista pela elitezinha brasileira, comparar isso com os nossos dias de hoje e entender melhor o tanto que a nossa sociedade caminhou e o tanto que ainda falta caminhar. Além disso, sua leitura vai ficar uma sopinha no mel, bem mais tranquilex e fácil com o monte de textinho com **explicações** e **links** que a gente inseriu nesta edição. Então aproveite mesmo essa possibilidade fantástica de olhar para a Lúcia e para o Paulo com os olhos do nosso tempo, e pule de cabeça também no interessante exercício de tentar se colocar na pele do José de Alencar se atrevendo a falar disso tudo num livro naquela época e naquele lugar. Vá fundo! Eu acho que você vai gostar...

Fátima Mesquita

SUMÁRIO

AO AUTOR

Reuni as suas cartas e fiz um livro.

Eis o destino que lhes dou: quanto ao título, não me foi difícil achar.

O nome da moça, cujo perfil o senhor desenhou com tanto esmero, lembrou-me o nome de um inseto.

Lucíola é o **lampiro** noturno que brilha de uma luz tão viva no seio da treva e à beira dos charcos. Não será a imagem verdadeira da mulher que no abismo da perdição conserva a pureza d'alma?

Deixe que raivem os moralistas.

A sua história não tem pretensões a **vestal**. É musa cristã: vai trilhando o pó com os olhos no céu. Podem as **urzes** do caminho dilacerar-lhe a roupagem: veste-a a virtude.

Demais, se o livro cair nas mãos de alguma das poucas mulheres que leem neste país, ela verá estátuas e quadros de mitologia, a que não falta nem o véu da graça, nem a folha de figueira, símbolos de pudor no Olimpo e no Paraíso terrestre.

Novembro de 1861.

G. M.

Luciola lusitanica é um vaga-lume (pirilampo) da família *Lampyridae* bem comum em Portugal. Mas o nome também é diminutivo de Lúcia.

Lampiro, derivado do latim *Lampyridae*, é vaga-lume.

As vestais (sacerdotisas da deusa Vesta na Roma Antiga) faziam voto de castidade e viraram sinônimo de mulher pura, virgem.

Urze é um nome geral para várias flores pequenas e bonitas, bem comuns nos campos portugueses.

O autor resolveu escrever este livro aqui como se fosse baseado em uma série de cartas nas quais o narrador-personagem, Paulo, conta os trelelês de sua relação com Lúcia a uma tal senhora G. M.

I

Indulgência: tolerância, condescendência.

Profanação é o ato de macular ou desrespeitar algo importante.

Ignoto: incógnito, desconhecido.

Arrufar: irritar, aborrecer.

A senhora estranhou, na última vez que estivemos juntos, a minha excessiva **indulgência** pelas criaturas infelizes, que escandalizam a sociedade com a ostentação do seu luxo e extravagâncias.

Quis responder-lhe imediatamente, tanto é o apreço em que tenho o tato sutil e esquisito da mulher superior para julgar de uma questão de sentimento. Não o fiz, porque vi sentada no sofá, do outro lado do salão, sua neta, gentil menina de dezesseis anos, flor cândida e suave, que mal desabrocha à sombra materna. Embora não pudesse ouvir-nos, a minha história seria uma **profanação** na atmosfera que ela purificava com os perfumes da sua inocência; e – quem sabe? – talvez por **ignota** repercussão o melindre de seu pudor se **arrufasse** unicamente com os palpites de emoções que iam acordar em minha alma.

Antigamente não havia a caneta de hoje, então, o jeito era usar uma pena de ave, cuja ponta era molhada em um pote de tinta para fazer as letras no papel. Depois, a coisa evoluiu para um instrumento de metal que simulava a pena. Mas, mesmo no nosso tempo, ainda há quem use a palavra pena como sinônimo para escrita.

Receei também que a palavra viva, rápida e impressionável não pudesse, como a **pena**

Perscrutar: sondar, investigar.

Traduzindo: delicada (tênue) gaze (gaza).

Diáfano: transparente, translúcido.

Vexar: encabular, envergonhar.

Imolar: abdicar, sacrificar.

Nos desenhos com grafite ou carvão, às vezes o pessoal gosta de dar uma embaçada no traço – isso é esfumar. Tem até uma ferramenta para conseguir esse efeito, o esfuminho, que é basicamente um papel enrolado bem forte em forma de lápis. A ponta dele é esfregada no desenho, desfocando as linhas e criando um efeito de transição suave ou sombreado.

Debuxar: desenhar, esboçar.

calma e refletida, **perscrutar** os mistérios que desejava desvendar-lhe, sem romper alguns fios da **tênue gaza** com que a fina educação envolve certas ideias, como envolve a moda em rendas e tecidos **diáfanos** os mais sedutores encantos da mulher. Vê-se tudo; mas furta-se aos olhos a indecente nudez.

Calando-me naquela ocasião, prometi dar-lhe a razão que a senhora exigia; e cumpro o meu propósito mais cedo do que pensava. Trouxe no desejo de agradar-lhe a inspiração; e achei voltando a insônia de recordações que despertara a nossa conversa. Escrevi as páginas que lhe envio, às quais a senhora dará um título e o destino que merecerem. É um *perfil de mulher* apenas esboçado.

Desculpe, se alguma vez a fizer corar sob os seus cabelos brancos, pura e santa coroa de uma virtude que eu respeito. O rubor **vexa** em face de um homem; mas em face do papel, muda e impassível testemunha, ele deve ser para aquelas que já **imolaram** à velhice os últimos desejos, uma como essência de gozos extintos, ou extremo perfume que deixa nos espinhos a desfolha das rosas.

De resto, a senhora sabe que não é possível pintar sem que a luz projete claros e escuros. As sombras do meu quadro, se **esfumam** traços carregados, contrastam **debuxando** o relevo e colorido de límpidos contornos.

II

Festa em homenagem à Nossa Senhora da Glória do Outeiro que os católicos fazem até hoje no mês de agosto, na igrejinha de mesmo nome, lá no Outeiro da Glória, no Rio de Janeiro.

A primeira vez que vim ao Rio de Janeiro foi em 1855.

Poucos dias depois da minha chegada, um amigo e companheiro de infância, o dr. Sá, levou-me à **festa da Glória**; uma das poucas festas populares da corte. Conforme o costume, a grande romaria desfilando pela rua da Lapa e ao longo do cais, serpejava nas **faldas do outeiro**, e apinhava-se em torno da poética **ermida**, cujo **âmbito** regurgitava com a multidão do povo.

Era *ave-maria*, quando chegamos ao **adro**; e perdida a esperança de romper a **mole** de gente que murava cada uma das portas da igreja, nos resignamos a gozar da fresca **viração** que vinha do mar, contemplando o delicioso panorama da baía e admirando ou criticando as devotas que também tinham chegado tarde e pareciam satisfeitas com a exibição de seus adornos.

Enquanto Sá era disputado pelos numerosos amigos e conhecidos, gozava eu da minha tranquila e independente obscuridade, sentado comodamente sobre a pequena mura-

Ou seja, sopé (faldas) do morro (outeiro).

Ermida: capela, igreja pequena.

Âmbito: interior, recinto.

Adro é o espaço ao redor de uma igreja, principalmente na frente e dos lados.

Mole: aglomeração, grande quantidade.

Viração é uma brisa que vem do mar.

lha, e resolvido a estabelecer ali o meu observatório. Para um **provinciano** recém-chegado à corte, que melhor festa do que ver passar-lhe pelos olhos, à doce luz da tarde, uma parte da população desta grande cidade, com os seus vários **matizes** e infinitas gradações?

Todas as raças, desde o caucasiano sem mescla até o africano puro; todas as posições, desde as ilustrações da política, da fortuna ou do talento até o proletário humilde e desconhecido; todas as profissões, desde o banqueiro até o mendigo; finalmente, todos os tipos grotescos da sociedade brasileira, desde a arrogante nulidade até a vil lisonja, desfilaram em face de mim, roçando a seda e a **casimira** pela **baeta** ou pelo algodão, misturando os perfumes delicados às impuras exalações, o fumo aromático do havana às **acres** baforadas do cigarro de palha.

É uma festa filosófica essa festa da Glória! Aprendi mais naquela meia hora de observação do que nos cinco anos que acabava de **esperdiçar** em **Olinda** com uma **prodigalidade** verdadeiramente brasileira.

A lua vinha **assomando** pelo **cimo** das montanhas fronteiras; e descobri nessa ocasião, a alguns passos de mim, uma linda moça, que parara um instante para contemplar no horizonte as nuvens brancas esgarçadas sobre o céu azul e estrelado. Admirei-lhe do primeiro olhar um **talhe** esbelto e de

Provinciano era quem saía do interior para a capital do Brasil, que era, então, a cidade do Rio de Janeiro.

Matiz: tom, nuança.

A casimira (ou lã de caxemira) é um tecido delicado e caro, que ficou mais comum no Brasil após a chegada da família real, em 1808. Seu nome veio do animal de que se tirava a lã, a cabra-da-caxemira.

Já a baeta era um tecido mais do povão, feito de lã ou algodão. Muitas mulheres a usavam na cabeça – às vezes para cobrir o rosto e esconder as marcas da pobreza ou da varíola, uma doença comum na época. Em 1810, chegaram até a proibir seu uso, mas a mulherada nem ligou e continuou usando.

Acre: amargo, desagradável.

Esperdiçar: desperdiçar, desaproveitar.

Olinda é uma importante cidade de Pernambuco e recebeu a primeira faculdade de direito do Brasil.

Prodigalidade: esbanjamento, extravagância.

Assomar: surgir, aparecer.

Cimo: alto, topo.

Talhe: forma, aspecto.

suprema elegância. O vestido que o moldava era cinzento com **orlas** de veludo castanho, e dava **esquisito** realce a um desses rostos suaves, puros e diáfanos que parecem vão desfazer-se ao menor sopro, como os tênues vapores da alvorada. **Ressumbrava** na sua muda contemplação doce **melancolia**, e não sei que **laivos** de tão ingênua castidade, que o meu olhar repousou calmo e sereno na mimosa aparição.

– Já vi esta moça! disse comigo. Mas onde?...

Ela pouco demorou-se na sua graciosa imobilidade, e continuou lentamente o passeio interrompido. Meu companheiro cumprimentou-a com um gesto familiar; eu, com respeitosa cortesia, que me foi retribuída por uma imperceptível inclinação da fronte.

– Quem é esta senhora? perguntei a Sá.

A resposta foi o sorriso **inexprimível**, mistura de sarcasmo, de **bonomia e fatuidade**, que desperta nos elegantes da corte a ignorância de um amigo, **profano** na difícil ciência das banalidades sociais.

– Não é uma senhora, Paulo! É uma mulher bonita. Queres conhecê-la?...

Compreendi e corei de minha simplicidade provinciana, que confundira a máscara **hipócrita do vício** com o modesto recato da inocência. Só então notei que aquela moça estava só, e que a ausência de um pai, de um marido, ou de um irmão, devia-me ter feito suspeitar a verdade.

Depois de algumas voltas descobrimos ao longe a ondulação do seu vestido, e fomos encontrá-la, retirada a um canto, distribuindo algumas pequenas moedas de prata à multidão de pobres que a cercava. Voltou-se confusa ouvindo Sá pronunciar o seu nome:

– Lúcia!

– Não há modos de livrar-se uma pessoa desta gente! São de uma **impertinência**! disse ela mostrando os pobres e esquivando-se aos seus agradecimentos.

Feita a apresentação no tom **desdenhoso e altivo** com que um moço distinto se dirige a essas **sultanas** do ouro, e trocadas algumas palavras triviais, meu amigo perguntou-lhe:

Orla: arremate, debruado.

Aqui, "esquisito" quer dizer "requintado".

Ressumbrar: revelar, transparecer.

Melancolia: tristeza, infelicidade.

Laivo: sinal, traço.

Inexprimível: indefinível, inexpressável.

Ou seja, bondade (bonomia) e presunção (fatuidade).

"Profano", aqui, quer dizer "quem não está por dentro das coisas".

Traduzindo: fingida (hipócrita) do pecado (vício).

Impertinência: insolência, inconveniência.

Traduzindo: indiferente (desdenhoso) e arrogante (altivo).

Sultana é como se chama a concumbina do sultão.

– Vieste só?

– Em corpo e alma.

– E não tens companhia para a volta?

Ela fez um gesto negativo.

– Neste caso ofereço-te a minha, ou antes a nossa.

– Em qualquer outra ocasião aceitaria com muito prazer; mas hoje não posso.

– Já vejo que não foste franca!

– Não acredita?... Se eu viesse por passeio!

– E qual é o outro motivo que te pode trazer à festa da Glória?

– A senhora veio talvez por devoção? disse eu.

– A Lúcia devota!... Bem se vê que a não conheces.

– Um dia no ano não é muito! respondeu ela sorrindo.

Cousa: coisa.

– É sempre alguma **cousa**, repliquei.

Sá insistiu:

– Deixa-te disso; vem conosco.

Rogar: implorar, suplicar.

– O senhor sabe que não é preciso **rogar**-me quando se trata de me divertir. Amanhã, qualquer dia, estou pronta. Esta noite, não!

– Decididamente há alguém que te espera.

– Ora! Faço mistério disto?

– Não é teu costume decerto.

– Portanto tenho o direito de ser acreditada. As aparências enganam tantas vezes! Não é verdade? disse voltando-se para mim com um sorriso.

Não me lembra o que lhe respondi: alguma palavra que nada exprimia, dessas que se pronunciam às vezes para ter o ar de dizer alguma cousa. Quanto a Lúcia, fazendo-nos um ligeiro aceno com o leque, aproveitou uma **aberta** da multidão e penetrou no interior da igreja, em risco de ser esmagada pelo povo.

Aberta: abertura.

Não preciso dizer-lhe, pois adivinha, que acabava de fazer uma triste figura. Não sou tímido; ao contrário peco por desembaraçado. Mas nessa ocasião diversas circunstâncias me tiravam do meu natural. A expressão cândida do rosto e a graciosa modéstia do gesto, ainda mesmo quando os lábios dessa mulher revelavam a **cortesã** franca e **impudente**; o contraste inexplicável da palavra e da fisionomia, junto à vaga **reminiscência** do meu espírito, me preocupavam sem querer. Atribuo a isto ter eu apenas balbuciado algumas palavras durante a conversa, e haver cortejado respeitosamente a *senhora*, que apesar de tudo ainda me aparecia nesta mulher, mal a voz lhe expirava nos lábios; porque então o desdém que vertia de sua frase **volúbil** passava, e o semblante em repouso tomava uns ares de meiga distinção.

A festa continuou, e fomos acabá-la em uma alegre reunião, onde se dançou e brincou até duas horas da noite.

Quando apaguei a minha **vela** ao deitar-me, na **dúbia** visão que oscila entre o sono e a vigília, foi que desenhou-se no meu espírito em viva cor a reminiscência, que despertara em mim o encontro de Lúcia. Lembrei-me então perfeitamente quando e como a vira a primeira vez.

Fora no dia da minha chegada. Jantara com um companheiro de viagem, e **ávidos** ambos de conhecer a corte, saímos de braço dado a percorrer a cidade. Íamos, se não me engano, pela **rua das Mangueiras**, quando, voltando-nos, vimos um **carro** elegante que levavam a **trote** largo **dous** fogosos cava-

Cortesã é uma prostituta que só atende gente endinheirada.

Impudente: descarado, despudorado.

Reminiscência: memória, lembrança.

Volúbil: volúvel, inconstante.

Só no comecinho do século XX a eletricidade se estabeleceu no Rio de Janeiro. Antes disso, o jeito era usar vela mesmo. Em 1851, no entanto, o Barão de Mauá começou a implantar gás encanado para iluminar a cidade. Seis anos mais tarde já existiam 3.027 lampiões clareando as ruas, além de 3.200 casas e três teatros com esse luxo.

Dúbio: impreciso, indefinido.

Ávido: desejoso, ansioso.

Antiga rua do centro do Rio de Janeiro. Hoje se chama rua Visconde de Maranguape.

Carro: carruagem.

Se o cavalo está em marcha lenta, ele dá passos. Se está na correria, está a galope. E se está em ritmo médio, está trotando.

Dous: dois.

los. Uma encantadora menina, sentada ao lado de uma senhora idosa, se recostava preguiçosamente sobre o macio estofo, e deixava pender pela **cobertura derreada** do carro a mão pequena que brincava com um leque de penas **escarlates**. Havia nessa atitude cheia de abandono muita graça; mas graça simples, correta e harmoniosa; não desgarro com ares altivos decididos, que afetam certas mulheres à moda.

No momento em que passava o carro diante de nós, vendo o perfil suave e delicado que iluminava a aurora de um sorriso raiando apenas no lábio mimoso, e a fronte límpida que à sombra dos cabelos negros brilhava de viço e juventude, não me pude conter de admiração.

Acabava de desembarcar; durante dez dias de viagem tinha-me **saturado** da poesia do mar, que vive de espuma, de nuvens e de estrelas; povoara a solidão profunda do oceano, naquelas compridas noites veladas ao relento, de sonhos dourados e risonhas esperanças; sentia enfim a sede da vida em flor que desabrocha aos toques de uma imaginação de vinte anos, sob o céu azul da corte.

Recebi pois essa primeira impressão com verdadeiro entusiasmo; e a minha voz habituada às fortes vibrações nas conversas à **tolda** do **vapor**, quando zunia pelas **enxárcias** a fresca viração; minha voz excedeu-se:

– Que linda menina! exclamei para meu companheiro, que também admirava. Como deve ser pura a alma que mora naquele rosto mimoso!

Um embaraço imprevisto, causado por duas **gôndolas**, tinha feito parar o carro. A moça ouvia-me; voltou ligeiramente a cabeça para olhar-me, e sorriu. Qual é a mulher bonita que não sorri a um elogio espontâneo e a um grito ingênuo de admiração? Se não sorri nos lábios, sorri no coração.

Durante que se desimpedia o caminho, tínhamos parado para melhor admirá-la; e então ainda mais notei a serenidade de seu olhar que nos procurava com ingênua curiosidade,

A carruagem estava com a capota (cobertura) rebaixada (derreada), como nos carros conversíveis.

Escarlate: vermelho.

Saturado: cheio, farto.

Tolda é a parte que vai do maior mastro até o fim do navio, a popa.

Os barcos a vapor chegaram no comecinho dos anos 1800. Eram mais rápidos que as embarcações movidas pelos ventos, mas muito barulhentos.

Enxárcias são os cabos que mantêm os mastros do barco em seus devidos lugares.

No Rio de Janeiro daquela época, a coisa mais parecida com transporte coletivo eram as diligências e as gôndolas. A diligência tinha uma porta na lateral e um banco de cada lado, um de frente para o outro. Já na gôndola, a porta era atrás e os bancos, mais compridos, também ficavam um de frente para o outro. Os passageiros viajavam de costas para as janelas e era possível ir sentado perto do motorista, ou mais acima, já praticamente com o bumbum apoiado no capô. Do lado de fora só ia homem; mulher tinha que ir sentada lá dentro, onde cabiam nove pessoas.

sem provocação e sem vaidade. O carro partiu; porém tão de repente e com tal ímpeto dos cavalos por algum tempo **sofreados**, que a moça assustou-se e deixou cair o leque. Apressei-me, e tive o prazer de o restituir inteiro.

Sofreado: retido, reprimido.

Na ocasião de entregar o leque apertei-lhe a ponta dos dedos presos na luva de **pelica**. Bem vê que tive razão assegurando-lhe que não sou tímido. A minha **afouteza** a fez corar; agradeceu-me com um segundo sorriso e uma ligeira inclinação da cabeça; mas o sorriso desta vez foi tão melancólico, que me fez dizer ao meu companheiro:

Pelica é o couro bem fino e branco, de cabrito ou de carneiro.

Afouteza: afoiteza, atrevimento.

– Esta moça não é feliz!

– Não sei; mas o homem a quem ela amar deve ser bem feliz!

Nunca lhe **sucedeu**, passeando em nossos campos, admirar alguma das brilhantes parasitas que pendem dos ramos das árvores, abrindo ao sol a rubra **corola**? E quando ao colher a linda flor, em vez da suave fragrância que esperava, sentiu o cheiro repulsivo de **torpe** inseto que nela dormiu, não a atirou com desprezo para longe de si?

Suceder: ocorrer, acontecer.

Corola é o conjunto de pétalas de uma flor.

Torpe: nojento, asqueroso.

É o que se passava em mim quando essas primeiras recordações roçaram a face da Lúcia, que eu encontrara na Glória. **Voltei-me no leito** para fugir à sua imagem, e dormi.

Traduzindo: virei-me (voltei-me) na cama (leito).

III

A corte tem mil seduções que arrebatam um provinciano aos seus hábitos, e o atordoam e preocupam tanto, que só ao cabo de algum tempo o restituem à posse de si mesmo e ao livre uso de sua pessoa.

Notabilidade: celebridade, notoriedade.

Arrabalde: arredor, cercania.

Ou seja, os privilégios (foros) de um homem da corte (cortesão).

Ao través: através.

Assim me aconteceu. Reuniões, teatros, apresentações às **notabilidades** políticas, literárias e financeiras de um e outro sexo; passeios aos **arrabaldes**; visitas de cerimônia e jantares obrigados; tudo isto encheu o primeiro mês de minha estada no Rio de Janeiro. Depois desse tributo pago à novidade, conquistei os **foros de cortesão**, e o direito de aborrecer-me à vontade.

Uma bela manhã, pois, estava na crítica posição de um homem que não sabe o que fazer. Li os anúncios dos jornais; escrevi à minha família; participei a minha chegada aos amigos; e por fim ainda me achei com uma sobra de tempo que embaraçava-me realmente. Acendi o charuto; e **ao través** da fumaça azulada, lancei uma vista pelos dias decorridos. "Lembrar-se é viver outra vez", diz o poeta.

De repente caiu-me um nome da memória. Achara em que empregar a manhã.

– Vou ver a Lúcia.

Depois da festa da Glória tinha-a encontrado algumas vezes, mas sem lhe falar. Lembro-me de uma manhã em **casa do Desmarais**. Lúcia passava, parou na vidraça e entrou para comprar algumas perfumarias; o seu vestido roçara por mim; mas ela não me olhou, nem pareceu ter-me visto. Essa circunstância, e talvez um resquício do desgosto que deixara a minha decepção, tiraram-me a vontade de a cumprimentar; contudo conservei o chapéu na mão todo o tempo que esteve na loja. Quando escolhia alguns vidros de extratos, mostraram-lhe um que ela repeliu com um gesto vivo e um sorriso irônico:

A casa aqui é uma loja. No caso, uma famosa perfumaria que ficava na rua mais badalada do Rio de Janeiro daquela época, a rua do Ouvidor, e onde o próprio dono atuava também como cabeleireiro da gente fina da cidade.

– Flor de laranja!... É muito puro para mim!

Ao sair, dobrou o seu talhe flexível inclinando-se vivamente para o meu lado, enquanto a mão ligeira roçagava os amplos **folhos** da seda que rugia arrastando. Esse movimento podia ser uma profunda cortesia disfarçada com certo acanhamento; e podia não passar de um gesto habitual de **faceirice** feminina.

Folho é a prega ou babado, comum nos vestidos de então e que dava volume à roupa.

Faceirice: elegância, garridice.

Outra vez estava no teatro; tinha ido fazer minha visita a um camarote durante o último intervalo, e conversando reparei na insistência com que me examinava um binóculo da **segunda ordem**. Da pessoa que o fitava só via a mão pequena e a fronte pura, que denunciavam uma mulher. Depois, ao levantar o pano, vi Lúcia naquela direção, e pareceu-me reconhecer nela a indiscreta luva cor de pérola e o curioso instrumento que me perseguira com o seu exame.

Seguindo uma tradição do teatro italiano, as casas de espetáculo tinham camarotes de primeira (mais caros), segunda, terceira e quarta ordem (mais baratos).

Eis quais eram as minhas relações com essa moça; e confesso que vestindo-me sentia algumas apreensões sobre a recepção que me esperava; não há nada que mais vexe do que a posição de um homem solicitando da memória rebelde da pessoa a quem se dirige um reconhecimento tardio.

Não obstante, poucos minutos depois subia as escadas de Lúcia, e entrava numa bela sala decorada e mobiliada com mais elegância do que riqueza. Ela mostrou não me reconhecer imediatamente; mas apenas falei-lhe do nosso primeiro encontro na rua das Mangueiras, sorriu e fez-me o mais amável acolhimento. Conversamos muito tempo sobre mil futilidades, que nos ocorreram; e eu tive ocasião de notar a simplicidade e a graça natural com que se exprimia.

O que porém continuava a surpreender-me ao último ponto, era o casto e ingênuo perfume que respirava de toda a sua pessoa. Uma ocasião, sentados no sofá, como estávamos, a gola de seu roupão azul abriu-se com um movimento involuntário, deixando ver o contorno nascente de um seio branco e puro, que o meu olhar ávido devorou com ardente **voluptuosidade**. Acompanhando a direção desse olhar, ela **enrubesceu** como uma menina e fechou o roupão; mas doce e brandamente, sem nenhuma afetação pretensiosa.

Voluptuosidade: luxúria, excitação.

Enrubecer é ficar vermelho.

Tal é a força mística do pudor, que o homem o mais ousado, desde que tem no coração o instinto da delicadeza, não se anima a amarrotar bruscamente esse véu sutil que resguarda a fraqueza da mulher. Se a resistência irrita-lhe o desejo, o **enleio** casto, a leve rubescência que veste a beleza como de um santo esplendor, influem mágico respeito. Isto quando se ama; quando a atração irresistível da alma emudece os escrúpulos e as **suscetibilidades**. O que não será pois quando apenas um desejo ou um capricho passageiro nos excita? Então, ousar é mais do que uma ofensa; é um insulto cruel.

Enleio: embaraço, acanhamento.

Suscetibilidade: vulnerabilidade, fragilidade.

Se eu amasse essa mulher, que via pela terceira ou quarta vez, teria certamente a coragem de falar-lhe do que sentia; se quisesse fingir um amor degradante, acharia força para mentir; mas tinha apenas sede de prazer; fazia dessa moça uma ideia talvez falsa; e receava seriamente que uma frase minha lhe doesse tanto mais, quanto ela não tinha nem o direito de indignar-se, nem o consolo que deve dar a consciência de uma virtude rígida.

Quando me lembrava das palavras que lhe tinha ouvido na Glória, do modo por que Sá a tratara e de outras circunstâncias, como do seu isolamento **a par do** luxo que ostentava, tudo me parecia claro; mas se me voltava para aquela fisionomia doce e calma, perfumada com uns **longes**

A par do: junto ao.

Longes, assim, no plural, quer dizer uma ideia remota, um vislumbre.

Lascivo: erótico, libidinoso.

de melancolia; se encontrava o seu olhar límpido e sereno; se via o gesto quase infantil, o sorriso meigo e a atitude singela e modesta; o meu pensamento impregnado de desejos **lascivos** se depurava de repente, como o ar se depura com as brisas do mar que lavam as exalações da terra.

E continuávamos a conversar tranquilamente de mil cousas, menos daquela que me tinha levado à sua casa. Não posso repetir-lhe todo esse longo diálogo; mal conseguirei recompor com as minhas lembranças algum fragmento dele.

– Há muito tempo que está no Rio de Janeiro? perguntou-me Lúcia depois de uma pausa.

– Há pouco mais de um mês. Cheguei justamente no dia em que a encontrei pela primeira vez.

– Ah! no mesmo dia?...

– Acabava de desembarcar.

– Mas naquela tarde, lembro-me... o senhor estava fumando. Se quer pode acender o seu charuto; não me incomoda.

Recusei por delicadeza.

– Veio passear?... Demora-se pouco naturalmente.

– Vim ver a corte; e depois talvez me resolva a ficar.

– De uma vez?

– Se achar meio de estabelecer-me. Sou pobre; preciso fazer uma carreira; e a corte oferece-me outros recursos, que não encontro em Pernambuco.

– Ah! é filho de Pernambuco?... Que bonita cidade que é o Recife! Como são lindos aqueles **arrabaldes** da Madalena, da ponte do Uchoa e da Soledade!...

– Já esteve no Recife! Em que época?

– Faz dous anos.

– Em 1853... Devo tê-la visto alguma vez! Nesse tempo era eu estudante e conhecia todas as moças bonitas da cidade.

Madalena é um bairro de Recife que existe até hoje e que ganhou o nome da esposa de Pedro Afonso Duro, a dona Madalena Gonçalves. O casal era proprietário de um engenho de cana na região.

Depois que os holandeses foram expulsos de Recife pelos portugueses em 1854, Antônio Uchoa, um dono de engenho, mandou construir uma ponte por cima do rio Capibaribe e acabou emprestando seu nome à região conectada.

Já Soledade é um bairro central de Recife. Em 1716, instalou-se por ali a Igreja de Nossa Senhora da Soledade, que deu nome ao local.

– Então já vê que não me podia conhecer! Demais, estive apenas uma tarde. O vapor pouco se demorou.

– Donde vinha?

– Da Europa. Apenas desembarquei, meti-me num carro, e fui passear. Vinte dias embarcada! Sabe o que é isto? Tinha saudade das árvores e dos campos de minha terra, que eu não via há oito meses! Que passeios encantadores por aquelas **quintas** cobertas de mangueiras, que bordam as margens do rio! Havia uma sobretudo na Soledade, que me encantou: era uma casinha muito alva que aparecia no fundo de uma rua de arvoredo sombrio; mas tudo tão gracioso, tão bem-arranjado que parecia uma pintura. Duas senhoras, uma já de idade, que me pareceu a mãe, e outra ainda mocinha e muito bonita, passeavam pela quinta colhendo flores e frutas. Mandei parar o carro, e fiquei olhando com inveja para a casa e as duas senhoras, pensando na vida tranquila e sossegada que se devia viver naquele retiro.

Quinta é um terreno murado, com casa, pomar, horta, árvores.

– A senhora me fez saudades de minha terra. Lembrei-me de minha casa, e das tardes em que passeava assim por aqueles sítios com minha mãe e minha irmã.

– O senhor tem mãe e irmã! Como deve ser feliz! disse Lúcia com sentimento.

– Quem é que não tem uma irmã! respondi-lhe sorrindo. E minha mãe ainda é muito moça para que eu tivesse a desgraça de a haver perdido.

– Perdi a minha muito cedo e fiquei só no mundo; por isso invejo a felicidade daqueles que têm uma família. Há de ser tão bom a gente sentir-se amada sem interesse!

Depois de uma hora de conversa despedi-me, e voltei sem ter arriscado um gesto ou uma palavra duvidosa.

– Já vai? disse Lúcia vendo-me tomar o chapéu.

– Não posso demorar-me mais tempo. Se a minha visita não lhe aborrece, voltarei outro dia.

– Deu-me tanto prazer! Até amanhã; sim?

E apertou-me a mão cordialmente.

Na rua achei-me tão ridículo com os meus vinte e cinco anos e os meus escrúpulos extravagantes, que estive para

voltar. Como podia eu temer um engano, depois do que sabia dessa mulher?

Encontrei-me à tarde com Sá no **hotel da Europa**, onde costumava jantar. Estava ainda muito viva a lembrança do que me sucedera naquela manhã para não aproveitar a ocasião de falar-lhe a respeito, tendo porém o cuidado de ocultar o papel que havia representado na pequena comédia.

– Tens visto a Lúcia? perguntei-lhe.

– Não; há muito tempo que não a encontro.

– Tu a conheces bem, Sá?

– Ora! Intimamente!

– Tens toda a certeza de que ela seja o que me disseste na Glória?

– E esta! Pois duvidas?... Vai à casa dela; já te apresentei.

– Supunha que fosse apenas uma dessas moças fáceis, a quem contudo é preciso fazer a corte por algum tempo.

– O tempo de abrir a carteira. Andas no mundo da lua, Paulo. Queres saber como se faz a corte à Lúcia?... Dando-lhe uma pulseira de brilhantes, ou abrindo-lhe um crédito no **Wallerstein**.

– Não é sem razão que te pergunto isto; encontrei-a há dias, e a sua conversa, os seus modos, pareceram-me tão sérios!

– Por que lhe falaste nesse tom? Naturalmente a trataste por senhora como da primeira vez; e lhe fizeste duas ou três **barretadas**. Essas borboletas são como as outras, Paulo; quando lhes dão asas voam, e é bem difícil então apanhá-las. O verdadeiro, acredita-me, é deixá-las arrastarem-se pelo chão no estado de larvas. A Lúcia é a mais alegre companheira que pode haver para uma noite, ou mesmo alguns dias de extravagância.

Acabamos de jantar e não tocamos mais no assunto.

– Tens que fazer sábado depois do teatro? perguntou-me Sá com um sorriso maligno.

O hotel da Europa ficava na chique rua do Ouvidor (acima), ocupando o segundo e o terceiro andar da esquina com a rua do Carmo.

Loja de tecidos e de roupas na rua do Ouvidor. Tudo que era vendido lá era copiado pelas costureiras e por outros comerciantes. O proprietário era o judeu francês Bernardo Wallerstein, que também importava de Paris joias, cristais, champanhe e charuto, enquanto exportava café brasileiro.

Barretada é o movimento de tirar o barrete (um tipo de chapéu) da cabeça para cumprimentar alguém.

– Nada, senão dormir.

– Pois vá cear comigo. Dormirás durante o dia. Asseguro-te que não perderás o teu tempo.

– Até sábado então.

Esta conversa desgostou-me; porque me fez parecer ainda mais ridículo aos meus olhos.

Tinha uma vaga desconfiança, pelo tom do convite, de que Lúcia iria à casa do Sá; e **protestei** que antes disso me reabilitaria de minha **estúrdia** ingenuidade.

Protestar: jurar, prometer.

Estúrdia: leviandade, imprudência.

IV

No dia seguinte à mesma hora voltei à casa de Lúcia; achei--a ao piano

– O que estava tocando?

– Nem sei!... Uma valsa que aprendi de ouvido.

– Continue!

– Não sei tocar, não! Estava brincando; não tinha que fazer. Como passou de ontem?

– Bem, obrigado. Já vê que a minha segunda visita não se demorou muito.

– Ainda assim não compensa a demora da primeira.

– Sentiu essa demora?... Qual! ontem nem me conheceu.

– Tanto como na Glória. Ainda que se tivessem passado anos, creio que em qualquer parte onde me encontrasse com o senhor, o reconheceria.

– Por que motivo então fingiu ontem não se lembrar de mim, logo que entrei?

– Por quê?... Queria ver uma cousa.

– E não se pode saber o que era?

– Não é preciso!

– Há de me dizer!...

E tomei-lhe as mãos que estavam frias e trêmulas.

– Pois bem, eu lhe digo. Queria ver se ainda se lembrava do nosso primeiro encontro, respondeu ela furtando o corpo ao meu abraço.

– Duvidava?... Não tinha razão; talvez fosse eu o que melhor guardasse essa lembrança.

Lúcia abanou a cabeça lentamente:

– Que vestido levava eu naquela tarde? perguntou sorrindo.

A pergunta embaraçou-me. Quando admiro uma mulher bonita, a impressão que ela produz em mim não me deixa ver mais que a sua beleza.

– Nem se recorda!

– É um defeito meu. Não reparo na ***toilette*** das moças bonitas pela mesma razão por que não se repara na moldura de um belo quadro.

– Que desculpa!... E eu por que reparei no seu traje, na cor de sua sobrecasaca, em tudo; até na sua bengala? Não é esta; a outra era mais bonita: tinha o **castão** de marfim. Está vendo que me lembro perfeitamente; e entretanto não tenho esses objetos diante dos olhos!

– Ah! É este o vestido?

– O vestido, as joias, o penteado, o leque, aquele que o senhor apanhou. Nem desse se lembrava! Só falta o chapéu! Quer vê-lo?

Lúcia saiu um instante e voltou. Ou porque a minha memória se avivasse, ou porque a ausência desse gentil chapéu, que parecia fugir-lhe da cabeça tão de leve a **cingia**, mutilasse a graciosa imagem que eu vira na tarde de minha chegada; o fato é que a aparição já **desvanecida** surgira de repente aos meus olhos.

– Agora lembro-me! Estou vendo-a como a vi da primeira vez!

A *toilette*, ou toalete, é o conjunto de roupas, acessórios, joias etc., planejados para combinarem bem entre si.

Castão é o enfeite que fica na ponta de cima, chamada punho, da bengala.

Cingir: rodear, circundar.

Desvanecido: apagado, desbotado.

Pungido: magoado, atormentado.

– Como daquela vez não me verá mais nunca!

– O que lhe falta?

– Falta o que o senhor pensava e não tornará a pensar! disse ela com a voz **pungida** por dor íntima!

Não compreendi então aquelas palavras, nem o tom com que foram proferidas; procurei-lhe o sentido, acompanhando com os olhos a Lúcia que tirava lentamente o chapéu, e fitava na sua imagem refletida pelo espelho um triste olhar.

– Ah! já sei! O que eu pensava?... Mas ainda penso: acho--a hoje tão bonita ou mais do que naquela tarde.

– Não é isto!

– O que é então? Venha dizer-me.

Passei-lhe o braço pela cintura e apertei-a ao peito; eu estava sentado, ela em pé; meus lábios encontraram naturalmente o seu colo e se embeberam sequiosos na covinha que formavam nascendo os dous seios modestamente ocultos pela **cambraia**. Com o meu primeiro movimento, Lúcia cobriu-se de ardente rubor; e deixou-se ir sem a menor resistência, com um modo de tímida resignação.

Cambraia é um tecido fino e leve, feito de linho ou de algodão.

Refluir: correr para trás, retroceder.

Precípite: rápido, veloz.

Lívido: pálido, descorado.

Quando porém os meus lábios se colaram na tez de cetim e meu peito estreitou as formas encantadoras que debuxavam a seda; pareceu-me que o sangue lhe **refluía** ao coração. As palpitações eram bruscas e **precípites**. Estava **lívida** e mais branca do que o alvo colarinho do seu roupão. Duas lágrimas em fio, duas lágrimas longas e sentidas, como dizem que chora a **corça expirando**, pareciam cristalizadas sobre a face, de tão lentas que rolavam.

A corça é um parente menorzinho do veado, comum na Europa, e expirar é morrer, falecer.

Confrangido: agoniado, atormentado.

É o coração, quando fortemente **confrangido** por violenta emoção, que espreme esse soro do sangue que gela e coalha.

Pungiu-me aquela aflição.

Credulidade: ingenuidade.

Retirei vivamente o braço; enquanto Lúcia sentava-se trêmula, afastei-me revoltado contra mim; e ao mesmo tempo indignado contra essa mulher que zombava da minha **credulidade**, e contra Sá que me iludira. Não sabia o que pensar; para fugir a uma posição que me incomodava horrivelmente, fui debruçar-me na janela.

Um instante depois ouvi sua voz doce e carinhosa:

– Não se **agaste** comigo!

Voltei-me; ela sorriu a dous passos de mim, e com uma expressão suplicante, como de quem pedisse perdão.

– Acabemos com isso, Lúcia. Sabes o que me traz à tua casa: se te desagrado por qualquer motivo, dize francamente, que eu tomo o meu chapéu e não te aborrecerei mais. Se pensas que valho tanto como os outros, não percas o tempo a fingir o que não és. Esta comédia de amor pode divertir os mocinhos de dezoito anos e os velhos de cinquenta; mas **afianço**-te que não lhe acho a menor graça.

– Não seja tão injusto! Em que lhe pareço fingida? Já me perguntou alguma cousa que eu lhe negasse? Já me recusei a um pedido seu?

– Entretanto te ofendeste com uma simples carícia!

– Não me ofendi; e a prova é que não dei sinal de desagrado, nem conservo o menor ressentimento. Não me conhece!... Sei o que valho, e não sou capaz de iludir a ninguém, muito menos ao senhor.

– Mas, há pouco, o que significavam essas lágrimas?

– Ah, não repare! Sofro do coração; às vezes sobe-me o sangue à cabeça; fico muito pálida, e sinto uma dor aguda que me arranca lágrimas dos olhos!... Não é nada; passa-me logo. Já passou! concluiu com um sorriso **dorido**.

– É diferente; desculpa. Incomodava-me essa ideia de pensares que estava disposto a fazer-te a corte. Seria soberanamente ridículo para nós ambos.

– Decerto!

Lúcia acompanhou estas duas palavras com um riso estridente; e um olhar que ainda vejo brilhar nas sombras de minhas recordações: olhar vivo e cintilante, que luziu como as **chispas** do brilhante ferido pela **réstia** da luz, e veio bater-me em cheio na face, cobrindo-me com o mais **agro** desprezo que pode **estilar** um coração de mulher.

Dirigiu-se a uma porta lateral, e fazendo correr com um movimento brusco a cortina de seda, **desvendou** de relance uma **alcova** elegante e primorosamente ornada. Então

Agastar: irritar, aborrecer.

Afiançar: garantir, asseverar.

Dorido: triste, aflito.

Chispa: lampejo, faísca.

Réstia é um feixe de luz que passa por um orifício ou fresta.

Agro: amargo.

Estilar: produzir, destilar.

"Desvendar", aqui, tem sentido de "olhar".

Alcova: quarto, aposento.

Lustro: brilho, polimento.

Pau-cetim é uma madeira de cor avermelhada.

Traduzindo: altares (aras) dedicados (sagradas) à luxúria (volúpia).

Fulgor: brilho, resplendor.

Túmido: inchado, intumescido.

Incubar: elaborar, premeditar.

Anélito: ar.

Sibilar é fazer um barulhinho que é quase um assovio.

Aura: brisa, aragem.

Soberbo: magnífico, grandioso.

Espasmódico é relativo a espasmo, que é uma contração involuntária dos músculos do corpo.

Nácar: carmim, cor-de-rosa.

Seve: seiva.

Transfiguração: transformação, metamorfose.

voltou-se para mim com o riso nos lábios; e de um gesto faceiro da mão convidou-me a entrar.

A luz, que golfava em cascatas pelas janelas abertas sobre um terraço cercado de altos muros, enchia o aposento, dourando o **lustro** dos móveis de **pau-cetim**, ou realçando a alvura deslumbrante das cortinas e roupagens de um leito gracioso. Não se respiravam nessas **aras sagradas à volúpia** outros perfumes, senão o aroma que exalavam as flores naturais dos vasos de porcelana colocados sobre o mármore dos consolos; e as ondas de suave fragrância que deixava na sua passagem a deusa do templo.

Lúcia não disse mais palavra; parou no meio do aposento, defronte de mim.

Era outra mulher.

O rosto cândido e diáfano, que tanto me impressionou à doce claridade da lua, se transformara completamente: tinha agora uns toques ardentes e um **fulgor** estranho que o iluminava. Os lábios finos e delicados pareciam **túmidos** dos desejos que **incubavam**. Havia um abismo de sensualidade nas asas transparentes da narina que tremiam com o **anélito** do respiro curto e **sibilante**; e também nos fogos surdos que incendiavam a pupila negra.

À suave fluidez do gesto meigo sucedeu a veemência e a energia dos movimentos. O talhe perdera a ligeira flexão que de ordinário o curvava, como uma haste delicada ao sopro das **auras**; e agora arqueava, enfunando a rija carnação de um colo **soberbo**, e traindo as ondulações felinas num espreguiçamento voluptuoso. Às vezes um tremor **espasmódico** percorria-lhe todo o corpo, e as espáduas se conchegavam como se um frio de gelo a invadira de súbito; mas breve sucedia a reação, e o sangue abrasando-lhe as veias dava à branca epiderme reflexos de **nácar** e às formas uma exuberância de **seve** e de vida, que realçavam a radiante beleza.

Era uma **transfiguração** completa.

Enquanto a admirava, a sua mão ágil e sôfrega desfazia ou antes despedaçava os frágeis laços que prendiam-lhe as vestes. À mais leve resistência dobrava-se sobre si mesma como uma cobra, e os dentes de pérola **talhavam** mais rápidos do que a tesoura o **cadarço de seda** que lhe opunha obstáculos. Até que o penteado de veludo voou pelos ares, as tranças luxuriosas dos cabelos negros rolaram pelos ombros arrufando ao contato a pele melindrosa, uma nuvem de rendas e cambraias abateu-se a seus pés, e eu vi aparecer aos meus olhos pasmos, nadando em ondas de luz, no esplendor de sua completa nudez, a mais formosa **bacante** que esmagara outrora com o pé lascivo as uvas de **Corinto**.

Saí alucinado!

Fora delírio; convulsão de prazer tão viva que, através do imenso deleite, traspassava-me uma sensação dolorosa, como se eu me revolvera no meio de um sono **opiado**, sobre um leito de espinhos. É que as carícias de Lúcia vinham impregnadas de uma irritabilidade que **cauterizava**.

Há mulheres gastas, máquinas do prazer que vendem, **autômatos** só movidos por molas

Talhar: cortar.

O cadarço de seda era usado para amarrar o espartilho, um tipo de colete que modela o corpo.

Baco era um deus romano equivalente a Dionísio, na mitologia grega. Era a divindade do vinho, dos porres, das baladas loucas e do sexo. As bacantes eram seguidoras e adoradoras dele – assim como as mênades eram de Dionísio –, e algumas cenas que as retratavam foram encontradas na cidade de Corinto, na Grécia. Dizem que essas sacerdotisas costumavam colocar serpentes nos cabelos, davam de mamar a lobos e eram capazes de fazer brotar do chão água, mel, leite e vinho.

Opiado é turbinado por ópio, uma droga popular no século XIX. Depois de um baque de euforia, dava um sono com sonhos bem doidos.

Cauterizar é curar lesões ou estancar sangramentos por meio da queimadura. Antigamente, era comum usar ferro em brasa.

Autômato é um boneco que faz movimentos mecânicos muito legais. Não era uma novidade no século XIX, mas virou mania.

Acrimônia: severidade, mordacidade.

Estorcer: contrair, contorcer.

Opresso: coagido, oprimido.

de ouro. Mas Lúcia sentia; sentia sim com tal **acrimônia** e desespero, que o prazer a **estorcia** em câimbras pungentes. Seu olhar queimava; e às vezes parecia que ela ia estrangular-me nos seus braços, ou asfixiar-me com seus beijos.

De repente surgiu lívida, e estendeu-me a mão aberta. Ouvi uma palavra soluçada, voz **opressa**, que não entendi, mas adivinhei.

Imagine qual revolução houve em mim; e a profunda indignação com que me precipitei sobre minha carteira para atirá-la à face dessa mulher. Mas ela reteve-me com a força sobre-humana que lhe davam as contrações nervosas.

– Estava gracejando! Não é assim que me queria?

E soltou uma gargalhada.

Debalde: em vão, inutilmente.

Prostração: fraqueza, abatimento.

Debalde pedi uma explicação. Ao delírio sucedera **prostração** absoluta, orgasmo da constituição violentamente abalada. Vendo então esse corpo inerte e pasmo, com os olhos vítreos e as mãos crispadas, tive dó, e como um pressentimento de que a vida o abandonaria breve.

Quando lho dei a perceber, ela respondeu-me:

– Que importa? Contanto que tenha gozado de minha mocidade! De que serve a velhice às mulheres como eu?

Fúlgido: brilhante, luminoso.

Toldar: turvar, obscurecer.

Aqui, equívoco quer dizer confuso, incerto.

Perspicácia: argúcia, inteligência.

Ao retirar-me ia pela segunda vez levar a mão à carteira, quando o olhar de Lúcia correu-me de vergonha. Entretanto ela, abatida ainda, porém calma, apertava-me a mão por despedida. Que magia tinham aqueles olhos **fúlgidos**, quando um sentimento forte lhes **toldava** a doce serenidade!

Conto-lhe estes fatos, como se escrevesse no dia em que eles sucederam, ignorando o seu futuro; entretanto, talvez que, apesar disto, compreenda as palavras **equívocas** e as causas ocultas que naquela ocasião resistiram à minha **perspicácia**.

Mas a senhora lê, e eu vivia; no livro da vida não se volta, quando se quer, a página já lida, para melhor entendê-la; nem pode-se fazer a pausa necessária à reflexão. Os acontecimentos nos tomam e nos arrebatam às vezes tão rapidamente que nem nos deixam volver um olhar ao caminho percorrido.

Assim o meu espírito preocupou-se um momento com a singularidade daquela cortesã, que ora levava a **impudência** até o **cinismo**, ora esquecia-se do seu papel no simples e modesto recato de uma senhora; porém vieram logo outros pensamentos distrair-me.

Impudência: desfaçatez, descaramento.

Cinismo é um descaramento enorme.

V

Faculdade, aqui, é a capacidade de pensar.

Insigne: ilustre, afamado.

Miríada: miríade, imensidão.

Fel: azedume, amargor.

Libado: experimentado.

Extenuado: esgotado, exaurido.

Cevado é estar alimentado até se dar por satisfeito.

As grandes sensações de dor ou de prazer pesam tanto sobre o homem, que o esmagam no primeiro momento e paralisam as forças vitais. É depois que passa esse entorpecimento das **faculdades**, que o espírito, **insigne** químico, decompõe a **miríada** de sensações, e vai sugando a gota de **fel** ou de essência que ainda estila dos favos apenas **libados**.

Foi o que me sucedeu; e não sei se no dia seguinte trocaria a voluptuosidade lenta e infinita de minhas recordações ainda recentes, por outra hora da febre ardente que na véspera me prostrara nos braços de Lúcia. Mas então não me lembrava que vendo-a, todos os meus desejos, que eu supunha **extenuados**, iam acordar de novo, tigres famintos da presa em que uma vez se tinham **cevado**.

O Theatro Lyrico Fluminense era o antigo Theatro Provisório. Foi inaugurado em 1852 e ficou em atividade até 1875, com destaque para a exibição de óperas, sendo demolido depois da abertura do Teatro D. Pedro II.

Estava no **teatro lírico**, onde o acaso me colocara junto de um moço com quem havia feito conhecimento na sociedade e cujo nome não me **acode** agora. Em falta de outro, lhe darei o de Cunha.

Esperando que se levantasse o pano, corríamos ambos com o binóculo as ordens de camarotes, que se começavam a encher. É um **regalo** semelhante ao do **gastrônomo**, que antes de sentar-se à mesa belisca as iguarias que vão se ostentando aos olhos gulosos. A comparação me agrada; porque realmente nunca sentia essa gula de olhar que devora com uma fome canina, como quando contemplava uma multidão de mulheres bonitas. Cada uma delas me emprestava uma forma sedutora, um encanto, um contorno para a estátua ideal que a imaginação moldava, aperfeiçoando a capricho.

À medida que fazíamos alguma descoberta astronômica, ou na região dos planetas de primeira e segunda ordem, ou entre as **nebulosas** da última esfera, comunicávamos ao companheiro, que imediatamente **assestava** o telescópio. Começavam então as competentes observações sobre o astro. Já tínhamos examinado algumas constelações ou grupos de estrelas brilhantes e dous ou três planetas superiores, discorrendo Cunha sobre a sua **órbita**, os seus **satélites**, e o **ponto da elíptica** em que se achavam. Tínhamos **lobrigado** no fundo de um camarote a cauda luminosa de um cometa; finalmente estudávamos um aerólito ou estrela cadente, conjecturando sobre as causas prováveis do fenômeno atmosférico-financeiro.

– Aí está a Lúcia, disse Cunha. Na segunda ordem, quarto camarote depois de ***vésper***.

Assim havíamos batizado um planeta que se recolhia infalivelmente entre nove e dez horas da noite.

Esqueci-me dizer que a ópera começara; as nossas observações podiam fazer-se então em céu desnublado. Vi Lúcia sentada na frente do seu camarote, vestida com certa galantaria, mas sem a profusão de adornos e a exuberância de luxo que ostentam **de ordinário** as cortesãs; ou porque acreditem que a sua beleza, como as caixinhas

"Acode" é conjugação do verbo "acudir" e aqui tem o sentido de "vir à mente".

Regalo: satisfação, prazer.

Gastrônomo é quem gosta de comida boa.

Nebulosa, na astronomia, é uma massa de gases e poeira interestelar que não tem contornos bem definidos.

Assestar: apontar, direcionar.

O caminho que a Terra e os outros planetas fazem em torno do Sol é chamado de órbita e seu formato é de uma elipse, ou seja, essa rota é meio oval. A Lua, que é um satélite (um tipo de astro que viaja ao redor de planetas), segue o mesmo estilo de viagem ao redor da Terra.

Lobrigado: percebido.

Vésper é a primeira estrela que vemos no fim da tarde, mas, na real, é o planeta Vênus. Ele não tem brilho próprio (característica das estrelas), apenas reflete a luz do sol.

De ordinário: em geral.

de amêndoas, **cota**-se pelo **envólucro** dourado; ou porque no seu orgulho de anjos decaídos desejem esmagar a casta simplicidade da mulher honesta, quantas vezes defraudada nessa prodigalidade.

Não me posso agora recordar das **minúcias** do trajo de Lúcia naquela noite. O que ainda vejo neste momento, se fecho os olhos, são as nuvens brancas e nítidas, que se **frocavam** graciosamente, **aflando** com o lento movimento de seu leque; o mesmo leque de penas que eu apanhara, e que de longe parecia uma grande borboleta rubra pairando no cálice das magnólias. O rosto suave e harmonioso, o colo e as **espáduas** nuas, nadavam como cisnes naquele mar de leite, que ondeava sobre formas divinas.

A expressão angélica de sua fisionomia naquele instante, a atitude modesta e quase tímida, e a singeleza das vestes **níveas** e transparentes, davam-lhe frescor e viço de infância, que devia **influir** pensamentos calmos, senão puros. Entretanto o meu olhar ávido e **acerado** rasgava os véus ligeiros, e desnudava as formas deliciosas que ainda sentia latejar sob meus lábios. As sensações amortecidas se encarnavam de novo e pulsavam com uma veemência extraordinária. Eu sofria a atração irresistível do gozo **fruído**, que provoca o desejo até a **consumpção**; e **conheci** que essa mulher ia se tornar uma necessidade, embora momentânea, da minha vida.

– É uma bonita mulher! disse ao meu vizinho, com um ar de indiferença para disfarçar a minha emoção.

– A mais bonita mulher do Rio de Janeiro e também a mais caprichosa e excêntrica. Ninguém a compreende.

– Conheço-a apenas de vista; porém disseram-me que é uma boa moça, muito amável...

– Oh! Posso falar a este respeito. Fui seu amante quatro meses.

– E por que a deixou? Aborreceu-se?

– Não a deixei. É seu costume; um belo dia, sem causa, sem o mínimo pretexto, declara a um homem que as suas relações estão acabadas; e não há que fazer. Podem oferecer-lhe somas loucas, é tempo perdido. Também no dia seguinte,

Cotar: cotizar, dar preço.

Envólucro: invólucro, embalagem.

Minúcia: detalhe.

"Froco" é um outro jeito de se escrever "floco".

Aflar: agitar, balançar.

Espádua: ombro.

Níveo: alvo, branco.

Influir: provocar, despertar.

Acerado: penetrante, pungente.

Fruído: desfrutado, aproveitado.

Consumpção: destruição, definhamento.

"Conhecer", aqui, tem o sentido de "entender".

ou no mesmo, daí a uma hora, toma outro amante que não conhece, que nunca viu.

– Todas são assim, com pouca diferença; ninguém sabe qual é o fio que faz dançar essas bonecas de papelão.

– Nem tanto. Há mulheres, que, ou por interesse, ou por amizade, ou mesmo por hábito, se inquietam com a ideia de que seu amante as abandone; mas para esta é absolutamente indiferente. Tem dias em que está de um humor insuportável: fica uma estátua, e não há forças humanas que possam arrancar daquela massa inerte um sorriso, uma palavra, um movimento. Se o homem não possui grande dose de paciência para sofrê-la calado, ela fecha-lhe a porta muito delicadamente, e manda-lhe dizer pela criada – "que tenha a bondade de deixá-la tranquila para todo o sempre." – E uma vez dito, não volta.

– Para quem tem direitos adquiridos, parece-me um tanto forte!

"De veia" quer dizer que estava no clima.

– É o seu engano, continuou o Cunha que estava **de veia**. A Lúcia não admite que ninguém adquira direitos sobre ela. Façam-lhe as propostas mais brilhantes: sua casa é sua e somente sua; ela o recebe, sempre como hóspede; como dono, nunca. Na ocasião em que o senhor a toma por amante, ela previne-o de que reserva-se plena liberdade de fazer o que quiser e de deixá-lo quando lhe **aprouver**, sem explicações e sem pretextos, o que sucede invariavelmente antes de seis meses; está entendido que lhe concede o mesmo direito.

Aprouver: agradar, deleitar.

– Ao menos há reciprocidade!

– Não lhe pede nada, nem sequer doces em tempo de festa, ou sorvetes quando está no teatro. Nunca a vi bordar em malhas transparentes um desses desejos disfarçados com que as mulheres iscam à generosidade de seus apaixonados. Se indagam do seu gosto a respeito de algum objeto que lhe destinam, desconversa e não responde; aceita friamente o que lhe dão, e nada mais. Ora, com uma mulher desta natureza, que não oferece a mínima ocasião de prestar-lhe um serviço e ganhar-lhe a amizade ou a gratidão, é possível ter direitos adquiridos?

– Há de sofrer com isso!... Tenho-a visto duas ou três vezes e sempre vestida simplesmente. Não traz um brilhante; entretanto que outras, que não a valem, andam cobertas. Repare!...

– Qual! Não é essa a razão! Nunca lhe faltam amantes; sei de grandes fortunas no Rio de Janeiro que se dariam por felizes se ela se decidisse a arruiná-las. E para não ir muito longe, embora não seja rico, caso ela ainda quisesse...

– Ah! Então as suas relações estão cortadas?

– Inteiramente; e de uma maneira célebre. Vou-lhe contar. Passeávamos numa noite de luar claro como dia; vendo minha mulher na janela, escondi-me involuntariamente no fundo do carro com receio de que me reconhecesse. Era inútil, porque estava distraída olhando para o mar. Entretanto Lúcia, por maldade, mandou ao cocheiro que parasse, saltou do carro, e esteve muito tempo, em pé, na grade, voltada para minha casa. Eu não sabia o que fizesse, compreende bem; não queria mostrar-me, e tinha medo de um escândalo. Felizmente ela foi caminhando, e a alguma distância mandou parar um **tílburi** que passava; o carro a tinha acompanhado; chegou-se à portinhola e disse-me: – "Não gosto de gente que se esconde, meu senhor. Vá olhar para o mar ao lado de sua mulher; é mais inocente e mais poético. D'amanhã em diante não nos conhecemos." – Debalde quis impedi-la, meteu-se no tílburi; e o cocheiro, que tinha um excelente animal, **logrou**-me: foi-me impossível segui-los. Voltei nessa mesma noite e nos dias seguintes à sua casa e achei sempre a porta fechada para mim; até que me recebeu para dizer-me com toda a macieza e doçura, que eu supunha ter comprado a chave de sua casa, ia-me restituir o preço de uma venda que ficara sem efeito. Saí para não voltar mais!

– Arrufos! Se não a procurasse, ela o mandaria chamar no outro dia. É sempre a sombra do provérbio chinês: segue quem a foge.

– São águas passadas. Estávamos falando da simplicidade de seu trajar. A razão é outra; é pura **avareza**.

– Como! Não disse que ela não se deixava levar pelo interesse? Não compreendo. Uma mulher que rejeita ofertas brilhantes e leva o seu escrúpulo a nunca pedir, nem mesmo uma cousa insignificante... Essa mulher não pode ser avarenta! O senhor conserva algum ressentimento; disse eu sorrindo.

O tílburi foi inventado pelo britânico John Tilbury e funcionava como táxi na época. Era uma carruagem com só um assento para o motorista (o cocheiro ou tilbureiro) e outro para o passageiro.

Lograr, aqui, significa enganar.

Avareza: sovinice, mesquinhez.

Sórdido: repulsivo, repugnante.

Foram instituições financeiras do tempo em que a exportação de café enricou muita gente. Praticavam juros altos e atendiam principalmente quem não conseguia dinheiro emprestado no Banco do Brasil, que já existia desde 1808. A Souto faliu em 1864, gerando uma onda de estragos – muitas empresas faliram com eles. Bateu também desespero no povo mais pobre e com menos status na sociedade, que correu para sacar seus cobres guardados, ajudando a falir as duas outras grandes caixas bancárias: a Montenegro Lima & Companhia e a Gomes & Filhos.

Nessa época, a moeda brasileira era o real, mas seu plural não era "reais", e sim "réis". Quando alguém tinha um milhão de réis, dizia-se que tinha um conto de réis.

Hernani é uma ópera do italiano Giuseppe Verdi, baseada no livro de mesmo nome do francês Victor Hugo. Estreou em Veneza (Itália), em 1844.

Sainete: gosto, graça.

Âmago: centro, interior.

Assistir: comparecer.

– Ora! replicou ele encolhendo os ombros. Não faltam bonitas mulheres. Mas esse desinteresse de Lúcia é um cálculo, e um cálculo muito fino. Uma mulher que pede, marca o preço de sua gratidão ou do seu amor; a mulher que não pede é um abismo que nunca se enche! Tenho experiência destas cousas.

– Em todo o caso, ainda que ela fosse de uma mesquinhez **sórdida**, as joias não se gastam com o uso.

– Se ela as vende!

– Não é possível!

– Também eu duvidei por muito tempo, mas tive a prova. Há aqui um sr. Jacinto que fez sociedade com ela; tudo que lhe dão, até roupas, é imediatamente reduzido a dinheiro. Lúcia deve ter por aí em **casa do Gomes ou do Souto** seus trinta a quarenta **contos**.

– Guarda para a velhice, se lá chegar.

A tecla que vibrara em nosso espírito ressoava tão melodiosamente, que o pano descera sobre o primeiro ato do ***Hernani***, sem darmos por isso. O Cunha me parecia conservar vivas saudades de suas relações com essa moça, que ainda o interessava apesar de tudo. Quanto a mim, todas as excentricidades e defeitos que atribuíam a Lúcia, ao passo que a faziam descer na minha estima, davam-lhe um **sainete** de originalidade e um picante sabor que me excitava. O vício também tem sua beleza e sua atração, como a virtude: a diferença é que no **âmago** do fruto os lábios encontram terra e cinza em vez de polpa deliciosa.

Há de ter reparado em que me desse por desconhecido de Lúcia; é hábito meu, desde que entrei no mundo, não admitir os estranhos à intimidade de minha vida, ainda mesmo quando se trata de objetos sem consequência. Só dispo a minha alma entre amigos.

Como já lhe disse, suspeitava que Lúcia devia **assistir** à ceia, para a qual Sá me convidara, na quinta-feira, jantando no hotel da Europa. Naquela ocasião quis ter a certeza; e creia que subindo as escadas da segunda ordem desejava ter-me enganado.

Preciso dizer-lhe a razão?

Ela não estava só: uma multidão de adoradores invadira a porta de seu camarote. **Cortejei**-a e passei, esperando a ocasião em que lhe pudesse falar. Tudo quanto achei para mandar levar-lhe foi sorvetes, doces, algumas flores de baile que vendiam à porta, e o **libreto** da ópera. As mulheres, a senhora o sabe por experiência, agradecem mais essas pequenas atenções de que a cercam, do que os verdadeiros sacrifícios; e eu tinha resolvido fazer a conquista de Lúcia por oito ou quinze dias.

Estive com ela no intervalo seguinte:

– Não tinha nem uma moça bonita do seu conhecimento a quem dar estas flores tão lindas? disse apertando-me a mão, e mostrando dous cactos que se estrelavam, um no seio e outro entre os seus cabelos.

– Sabes quem as mandou?

– Adivinhei pelo cheiro. É tão suave!...

– Ficam-te muito bem; parecem ter nascido aí entre as rendas e os cabelos.

– Hei de enfeitar-me sempre assim.

– E com as flores que eu te mandarei todas as manhãs.

– Disse isto à toa. Não tenho paciência, nem gosto para estas cousas! Agora foi uma lembrança e já me está aborrecendo, replicou, batendo com a ponta dos dedos **afilados** nas pétalas da flor.

Notei no tom de Lúcia durante o resto desta conversa uma diferença extraordinária com o modo singelo e modesto que ela tinha em sua casa: agora era a frase **ríspida**, **incisiva** e levemente embebida na ironia que destilava de seus lábios, e cujas gotas a maior parte das vezes salpicavam a ela própria. A cortesã revelava-se a mim sem **rebuço**, depois que deixara cair na **falda do leito** o seu último véu. Não sei se estimei ou senti essa brusca transição: a franqueza me punha mais à vontade, é certo; porém desvanecia uma doce ilusão, que, por mais transparente que seja, **nubla** o espírito

Cortejar, aqui, quer dizer cumprimentar com bastante educação.

Libreto é uma publicação de poucas páginas. Nas óperas, ele apresenta as letras das músicas.

Afilado: fino, delicado.

Ríspido: grosseiro, rude.

Incisivo: enérgico, intenso.

Rebuço é o tecido usado para esconder o rosto e, em sentido figurado, é também dissimulação, disfarce, fingimento.

Ou seja, na base (falda) da cama (leito).

Nublar: magoar, entristecer.

Crédulo: ingênuo, cândido.

Atalhar: cortar, interromper.

Estouvamento: irreflexão, leviandade.

crédulo, quando procura no fundo do prazer um átomo sequer de amor.

Perguntei-lhe afinal se me permitia acompanhá-la depois do teatro.

– Esta noite não me pertenço!...

– Não vais para casa?

– Não.

– Já sei! Estás convidada para uma ceia...

– Quem lhe disse?

– Em casa do Sá.

– Ah! Não me lembrava que ele é seu amigo! E o senhor, também vai?...

– Para ter o prazer de tua companhia.

– Ainda não estou inteiramente resolvida! murmurou com lentidão, e **atalhou** logo com certo **estouvamento**: porém não, vou! Por que deixaria de ir? Havemos de divertir-nos muito: o Sá tem gosto.

Acendeu-se nos seus olhos o fogo que já uma vez me tinha queimado as faces; só mais tarde devia ter a explicação desse olhar.

Quando tomei o meu lugar nas cadeiras, Lúcia tinha desaparecido.

VI

Sá habitava num dos arrabaldes da corte, uma chácara, que caprichara em preparar.

Com trinta anos de idade, um caráter **fleumático** e uma imaginação ardente, o meu amigo tinha errado a sua vocação; a natureza o destinara para milionário, tal era o seu desprezo pelo dinheiro quando se tratava de realizar um de seus mil sonhos dourados. Gozando do conforto e mesmo da elegância que lhe permitia uma folgada **abastança**, as flores que ia colhendo pelo caminho estavam longe de satisfazer-lhe as fantasias orientais; por isso impunha a si mesmo o sacrifício de acumular algumas pequenas reservas, fruto das economias de muitos dias, para consumi-las em poucas horas, com um desapego selvagem.

A alma obcecada pelo trabalho, irritada pelas migalhas de prazer que babujava aqui e ali, tinha de tempos a tempos necessidade de um banho **russiano**. Nesses dias Sá dava **féria** às ocupações **graves**, convidava alguns amigos, e oferecia à imaginação um **pasto régio**. Era o reinado efê-

Fleumático: insensível, indiferente.

Abastança: fartura, abundância.

Russiano: russo.

Féria: dia de repouso, de descanso.

Grave: sério, importante.

Ou seja: refeição (pasto) grandiosa (régio).

mero da devassidão, naquela existência alegre, mas calma de ordinário.

A sua casa de moço solteiro estava para isso admiravelmente situada entre jardins, no centro de uma chácara ensombrada por casuarinas e laranjeiras. Se algum eco indiscreto dos estouros **báquicos** ou das canções eróticas escapava pelas frestas das persianas verdes, confundia-se com o farfalhar do vento na espessa folhagem; e não ia perturbar, nem o **plácido** sono dos vizinhos, nem os castos pensamentos de alguma virgem que por ali velasse a **horas mortas**.

Cheguei por volta de meia-noite.

Já estavam reunidos os convidados: Lúcia, três belas mulheres que eu conhecia de vista, e um senhor de cabelos e barbas brancas, vestido com esmero extremo, mas com alguma excentricidade inglesa: um desses velhos ainda verdes que se esforçam em reconstruir sobre os últimos **rescaldos** de fogos extintos, com o auxílio de um **empertigamento** cômico, de uma atividade elástica e de um **fátuo** repertório de anedotas galantes, a mocidade fictícia que só a eles próprios ilude. Sá mo apresentou com estas palavras:

– O sr. Couto, **capitalista**.

Báquico é aquilo que tem relação com o deus romano Baco.

Plácido: sereno, sossegado.

Horas mortas se referem à madrugada.

Rescaldos são as cinzas que ainda têm algumas brasas.

Empertigamento: de maneira aprumada.

Fátuo: efêmero, passageiro.

Capitalista: empresário.

O sexto convidado era um moço de dezessete anos, o sr. Rochinha, que trazia impressa na **tez** amarrotada, nas profundas olheiras e na aridez dos lábios, a velhice prematura. Libertino precoce, curvado pela consumpção, tinha o orgulho do vício, que estampara nas faces, receando talvez que o insultassem pondo em dúvida os seus brasões de nobreza, conquistados com o copo em punho nalguma **tasca** imunda. Se fosse pobre, o sr. Rochinha teria fumaças de poeta **byroniano**; mas ainda era rico da herança que esbanjava, e portanto não passava de um *moço gasto*.

Tez: pele, cútis.

Tasca é um boteco bem simplão.

Lord Byron (1788-1824) foi um poeta inglês do Romantismo e também um cara que aprontou pra caramba, gastando muito dinheiro, transando com muitos homens e muitas mulheres, inclusive com uma meia-irmã. Ele era tipo um superstar daqueles tempos, com o pessoal imitando seu penteado e tal.

Sá tinha jeito para escolher os seus convidados. O contraste do vício que apresentavam aqueles dous indivíduos; o velho galanteador, fazendo-se criança com receio de que o supusessem caduco; e o moço devasso, esforçando-se por parecer **decrépito**, para que não o tratassem de menino: essa **antítese** viva devia oferecer ao observador cenas grotescas. O que eu vi entrando era uma pequena amostra.

Decrépito: velho, decaído.

Antítese: oposição, contradição.

O sr. Couto fresco e repolhudo, bamboleando-se na cadeira, fazia sortes que as mulheres aplaudiam, e consumia o terceiro copo de água gelada, para abrandar o fogo interno. O sr. Rochinha, **derreado** pelo sofá, erguia às vezes a cabeça pesada de sono e torpor para absorver um cálice de ***cognac*** da garrafa que tinha ao lado.

Derreado: largado, exausto.

Cognac: conhaque.

Sá, que se embalançava numa cadeira de palha, saboreando o **antegosto** das delícias gastronômicas, ergueu-se para receber-me:

Antegosto: prazer antecipado, antegozo.

– Só esperávamos por ti. Onde te meteste no teatro, que não te vi?

– Estive do lado oposto...

– **Cuidei** que nos encontrássemos na saída. É meia-noite; vamos cear.

"Cuidar", aqui, quer dizer "imaginar", "supor".

Ao som do tímpano apareceu um criado, que recebeu ordem de servir.

A reunião nada tinha ainda que assustasse os bons costumes. À exceção de alguns gracejos dúbios da galanteria

As odes do romano Horácio são poemas que marcaram a poesia ocidental e tratam de temas como o amor, o vinho, a morte etc. Ovídio, outro romano, escreveu os livros de poesia erótica mais populares da Antiguidade. Ele estava apaixonado por uma tal de Corina, que não se decidia sobre o cara.

Na mitologia grega, era um jovem bonitão que despertou a paixão de Afrodite, deusa do amor, da beleza e da sexualidade, e de Perséfone, deusa das ervas, flores, frutos e perfumes. Isso gerou uma baita confusão, e Zeus teve que intervir dizendo que, para solucionar a pendenga, Adônis passaria quatro meses do ano com cada uma delas e o tempo restante poderia passar com quem quisesse – e ele escolheu ficar com a Afrodite.

enrugada do sr. Couto, conversava-se alegremente como no mais aristocrático salão. Havia mesmo um ligeiro tom de cerimônia, que, se não era bastante para acanhar, tirava contudo ao diálogo o colorido vivo e animado que lhe dá a palavra solta.

Entretanto se a senhora não conhece as **odes de Horácio** e os **Amores de Ovídio**; se nunca leu a descrição da festa de Baco e não tem notícia dos mistérios de **Adônis** ou do rito afrodísio das virgens de **Pafos**, que em comemoração do nascimento da deusa iam certos dias do ano banhar-se na espuma do mar e oferecer as **primícias** do seu amor a quem mais cedo as cobiçava; se ignora tudo isto, rasgue estas folhas, ou antes queime-as, para que sua neta, achando as tiras que ficarem sobre a mesa, não se lembre de fazer delas **papelotes**.

Se ao contrário apreciou esses trechos admiráveis da literatura clássica, pode continuar a ler, pois não achará imagem, nem palavra que revolte o bom gosto; sensitiva delicada dos espíritos cultos.

Anunciada a ceia, atravessamos o jardim para ir à sala do serviço.

Não posso deixar de fazer-lhe uma breve descrição dessa parte da casa, que ocupava a asa direita do edifício, formando uma espécie de pavilhão. Era o palácio encantado do **sibaritismo**, que só de longe em longe e nas horas mortas da noite, abria suas portas à chave de ouro para alguns adeptos de seu culto ou para algum profano que desejasse iniciar-se nos **lúbricos** mistérios.

Entremos, já que as portas se abrem **de par em par**, cerrando-se logo depois de nossa passagem. A sala não é grande, mas espaçosa; cobre as paredes um papel aveludado de sombrio escarlate, sobre o qual destacam entre espelhos duas ordens de quadros representando os mistérios de Lesbos. Deve fazer ideia da energia e aparente vitalidade

Pafos, no Chipre, é a cidade onde Afrodite teria nascido do mar.

Primícias são os primeiros frutos de uma produção ou atividade.

Papelotes eram rolinhos de papel usados pra cachear o cabelo.

Sibaritismo é o modo de viver de quem curte gandaia e safadeza.

Lúbrico: sensual, lascivo.

De um lado ao outro.

com que as linhas e colorido dos contornos se debuxavam no fundo rubro, ao trêmulo da claridade deslumbrante do **gás**.

Quando a iluminação a gás começou a surgir no Rio de Janeiro, dava um trabalhão. O pessoal importava carvão mineral, a hulha, da Inglaterra, e queimava para produzir o gás, que ficava estocado em grandes tanques chamados gasômetros. Dali, seguia por canos até o ponto a ser iluminado.

A mesa oval, preparada para oito **convivas**, estava colocada no centro sobre um estrado, que tinha o espaço necessário para o serviço dos criados; o resto do soalho desaparecia sob um felpudo e macio tapete, que acolchoava o rodapé e também os bordos do estrado. Os aparadores de mármore cobertos de flores, frutos e gelados, e os **bufetes** carregados de iguarias e vinhos, eram suspensos à parede. Não pousava o pé de um móvel na orla aveludada que cercava a mesa, e parecia abrir os braços ao homem **ébrio** de vinho ou de amor, convidando-o a **espojar-se** na macia **alcatifa**, como um jovem **poldro** nas **cálidas** areias da várzea natal.

Pela volta da **abóbada de estuque** que formava o teto, pelas **almofadas interiores das portas**, e na face de alguns móveis, havia tal profusão de espelhos, que multiplicava e reproduzia ao infinito, numa confusão fantástica, os menores objetos. As imagens, projetando-se ali em todos os sentidos, apresentavam-se por mil faces.

Não lhe falo da ceia que nada tinha de especial. Suntuosa e delicada, como as sabem preparar aqui, sorria aos olhos e **trascalava** de aromas penetrantes e deliciosos, que iam

Conviva: convidado.

Bufete, ou bufê, é um móvel que guarda pratos e talheres embaixo e, em cima, recebe os comes e bebes.

Ébrio: bêbado, embriagado.

Espojar-se é ficar se revirando no chão.

Alcatifa: tapete, alfombra.

Poldro é o mesmo que potro, o cavalo jovem.

Cálido: quente, ardente.

Abóbada é um teto que tem forma de arco, e o estuque é uma argamassa muito usada para revestir forros e paredes.

As almofadas de porta são aqueles retângulos em relevo das portas de madeira.

Trascalar: cheirar, trescalar.

Prurir: estimular.

Violáceo é algo de cor roxa – neste caso, vinhos que vêm da Ilha da Madeira (uma ilha portuguesa na África), do Porto (no norte do Portugal) e da Borgonha (uma região da França).

Acepipe: aperitivo, pitéu.

O poeta grego Homero escreveu a *Ilíada* e a *Odisseia* – duas grandes obras da Antiguidade sobre situações épicas. Daí, homérico virou sinônimo de monumental, extraordinário.

Manjar: iguaria, comida apetitosa.

Impar: arquejar, ofegar.

À ilharga: ao lado.

À sorrelfa: furtivamente, sorrateiramente.

Momo: gracejo, brincadeira.

Pêndula é um relógio de pêndulo.

Alabastro é um tipo de pedra branca usada em peças decorativas.

prurir as fibras gástricas. Esse perfume sibárico e o aspecto brilhante das iguarias esquisitas, entre as irradiações do cristal e os reflexos áureos, rubros ou **violáceos do madeira, do porto e do borgonha**, é talvez o mais delicado **acepipe** que um anfitrião de gosto oferece aos seus hóspedes; porque nesse bocado **homérico** os olhos e o olfato servem com fartura ao paladar um pouco de tudo; um primor de todos os **manjares** que a capacidade do estômago não permite absorver.

Sentamo-nos dous a dous, porque só havia na sala quatro cadeiras. Não se espante; eram cadeiras medidas para dous corpos, espécies de pequenos sofás de palhinha, onde se estava mais do que comodamente. Esta singularidade era um símbolo da união, ou melhor, da comunhão, que o dono da casa queria que houvesse durante a ceia: não eram oito pessoas, mas quatro amigos que se divertiam em amável companhia. Acrescia que a longa separação das cadeiras, e a espessa cortina de flores, deixava a cada um plena liberdade: era ao mesmo tempo a solidão e a convivência.

Ao anunciar da ceia, Lúcia tomou-me o braço que ia oferecer-lhe. Sentamo-nos a um dos lados da mesa em face de Sá. O sr. Couto, como de rigor, **impava** de gula e fatuidade, defronte da sonolência do Rochinha, e **à ilharga** de uma linda espanholita, que o olhava **à sorrelfa** com um **momo** de petulante zombaria.

Depois da sopa, Sá ergueu o copo cheio de velho madeira e saudou os seus hóspedes:

– Estão feitos os cumprimentos, meus senhores: gozemos. É meia-noite, disse mostrando a **pêndula** de **alabastro**. Até uma hora come-se. Caso alguém reclame, prorroga-se o tempo.

– A não ser o sr. Couto! murmurou a companheira deste.

– Aprovado sem discussão, retrucou o velho. Com os diabos, Nina! Comer é uma das boas cousas deste mundo; porém não é a melhor.

– Demais a mesa aí fica; e ninguém erra a boca mesmo no escuro! acudiu Laura rindo.

Creio que o sr. Couto corou; em todo o caso remexeu-se, como se estivesse sobre alfinetes.

– Ora! Isso sucedeu uma vez; e foi para te meter febre.

– Não se trata dos sessenta anos do sr. Couto...

– Quarenta e cinco, minha joia! E por fazer!...

– Passemos à **ordem do dia**! exclamava uma francesa já abrasileirada, que tinha privado com um **orador da câmara**.

– Bem! continuou Sá; a hora seguinte bebe-se. É bastante?

– É demais! Em menos tempo dou conta de uma cesta de champanha! gritou Nina.

– Não admira! Uma **burra** vale mais do que uma cesta; e tu eras capaz de esvaziá-la num minuto!

– Então adotada a meia hora? perguntou Sá interrompendo o Couto.

– Para mim é indiferente; respondeu o Rochinha acordando. Já se foi o tempo em que me embriagava com essas limonadas de espuma e esses vinagres do **Reno**. Sou uma velha esponja, meu caro: fui curtido a ***kirsch* e *rhum***.

– Manda-se preparar para ti uma *gengibrada*.

– Que bicho é esse?

– É uma infusão de gengibre fervida em aguardente de trinta e seis graus, com uma garrafa de **marasquino**.

– Deliciosa bebida! disse Lúcia. Não leva também algumas gotas de chumbo derretido?

– Finalmente, meus senhores, às duas horas em ponto, imola-se a razão no fundo das garrafas.

– Bravo! gritaram as mulheres em coro.

– Aceito por unanimidade!

– Posso imolar a minha desde já, gritou o Couto.

– Não admito! Requeiro que se respeitem as **cãs**...

– E a inocência dos criados.

– À vista das considerações devidas ao sexo, cedo!

– É melhor; mesmo porque seria difícil imolar o que não existe.

– Procedamos em regra. Às duas horas portanto para-se a pêndula. Abolição completa da razão, do tempo, da luz;

Ordem do dia é a lista do que precisa ser feito, a pauta.

Um orador da câmara é um deputado.

Burra é uma caixa de madeira usada para transportar objetos.

O Reno é um importante rio europeu que passa por Suíça, Áustria, Liechtenstein, Alemanha, França e Holanda.

Kirsch, ou *kirschwasser*, é uma bebida alcoólica feita da cereja azeda e escura conhecida como ginja (*kirsch*, em alemão). Rhum é o mesmo que rum, uma bebida de cana-de-açúcar típica do Caribe.

O marasquino é um licor feito com uma cereja amarga chamada marasca.

Cãs: cabelos brancos.

Patear quer dizer reprovar batendo os pés no chão.

Sensaboria: insipidez, monotonia.

Taquígrafo é quem usa taquigrafia, técnica de abreviar as palavras com símbolos para anotar uma fala rapidão, sem perder parte dela.

"Propor", aqui, significa "brindar".

Falanges são os ossos dos dedos. Primeiro vem a falange proximal, na base do dedo. Depois, a falange média (que não existe no dedão). E, por fim, a falange distal, na ponta do dedo.

Sauterne é um vinho branco docinho típico da região francesa de mesmo nome. Um fungo comum dessa área aumenta a concentração de açúcar nas uvas. Como o fungo não é controlável, a colheita dá um trabalhão, daí o preço salgado da bebida.

Vivace: animado, entusiasmado.

e inauguração solene do reinado das trevas e da loucura. Até lá liberdade completa dentro dos limites da decência; tudo quanto possa alegrar, como o gracejo, a cantiga, o brinde ou o discurso, é permitido; salvo o direito ao respeitável público feminino e masculino de **patear** as **sensaborias**.

– Nota do **taquígrafo**. Numerosos apoiados; o orador é cumprimentado.

E o Couto para realizar o seu dito **propôs** a saúde de Sá, e acompanhou-a com um discurso recheado de disparates, interrompido a cada palavra pela algazarra dos estouros báquicos.

Não tomei nem uma parte nesse primeiro tiroteio; Lúcia apenas dissera uma palavra. Ela estava visivelmente contrariada; por momentos caía em profunda distração, de que eu a tirava a custo; depois tomava-se de um estouvamento e sofreguidão que não era natural. Uma vez levantando o cálice, a contração muscular foi tão violenta que o cristal espedaçou-se entre as **falanges** delicadas. Tinha-se ferido, e para estancar o sangue, mergulhou o dedo no meu copo cheio de **Sauterne**: o áureo licor enrubesceu; e eu esgotei-o até a última gota num assomo de galanteio romântico.

Lúcia acompanhou o meu movimento com um olhar tão cheio do que olhava, como se eu lhe bebera a própria vida nessas gotas tintas de seu sangue.

– Se o bebesse todo!... balbuciou.

– Tu morrias, Lúcia! respondi sorrindo.

– Eu... viveria; e o resto seria pasto dos vermes, como foi pasto dos homens.

Semelhante à mosca importuna que se afoga no vinho, a palavra lúgubre afogou-se no entusiasmo que começava a brilhar em todas as frontes.

Lúcia apanhou no ar o primeiro dito que passava, para fazê-lo ressaltar com uma das réplicas **vivaces**, titilantes de sarcasmo e ironia, que em certos momentos fervilhavam de seus lábios. Era impossível segui-la nesse brilhante rastro de seu espírito.

VII

– Sr. Couto, dizia Sá, recomendo-lhe estas perdizes! Estão saturadas de **trufas** e castanhas.

– Obrigado; é muito forte para mim. Daqui a dez anos, não digo que não.

– Passa-me as perdizes! exclamou o Rochinha piscando os olhos com certa malícia.

– Por favor, sr. Couto, disse Lúcia rindo, empreste ao sr. Rocha os seus cabelos brancos! Por esta noite ao menos...

– Oh! já não são poucos os que eu tenho.

– Mas não são bastantes, Rochinha, atalhou Sá. Lúcia tem razão.

Esta continuou:

– Vou fazer uma proposta.

– Muito bem; atenção em ambas as colunas, gritou o velho Couto abrindo os braços.

– Proponho...

Perdiz é o nome da fêmea de uma ave da mesma família das galinhas e que muita gente ainda hoje gosta de caçar. O nome do macho é perdigão.

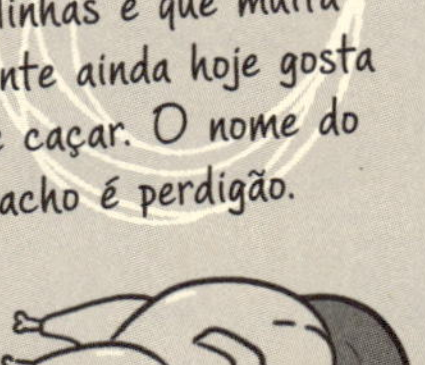

Trufa é um tipo de fungo comestível.

– A minha saúde?

– Um coro com acompanhamento de pratos?

– Não! não! Se continuam subo à rampa!

– Silêncio!

– Proponho que esta noite o sr. Couto seja tratado por Coutozinho, que é mais terno; e o sr. Rochinha sem o **embirrante** diminutivo, que lhe dá uns ares de menino de colégio!...

Embirrante: irritante, antipático.

Houve explosão de gritos e aplausos.

– Acrescenta, disse o Sá, que Nina chamará o sr. Couto – **nonhô**, e Laura o Rochinha, ou o Rocha – papai.

As pessoas que foram retiradas da África e trazidas para o Brasil escravizadas falavam outras línguas e buscavam se adaptar ao português. Daí, tentando dizer senhor, acabavam chamando o proprietário de sinhô, nhô, nonhô.

– Não admito! O incesto é contra a moral, gritou Lúcia.

– Como trata-se de nomes, eu também proponho uma mudança, bocejou o Rochinha. Em lugar de Lúcia – diga-se **Lúcifer**.

No latim, a palavra quer dizer "portador de luz", e os próprios romanos davam o nome de Lúcifer ao planeta Vênus – que brilha por refletir a luz do Sol. Mas aqui tem uma pegadinha, porque Lúcifer também é sinônimo de demônio.

– É velho! Não valia a pena **acordar** para isto. Quem não sabe que eu sou anjo de luz, que desci do céu ao inferno?

Acordar: fazer acordo, acertar.

A guerrilha de **facécias** e ditos mais ou menos **chistosos** continuou tão viva, que renuncio à ideia de reproduzi-la.

Facécia: piada, pilhéria.

Chistoso: jocoso, engraçado.

Não pensava, quando comecei a escrever estas páginas que lhe destino, lutar com tamanhas dificuldades; uma cousa é sentir a impressão que se recebeu de certos acontecimentos, outra comunicar e transmitir fielmente essa impressão. Para o conseguir, cumpre que nada se omita; e aí justamente está o meu embaraço, porque há episódios daquela noite, que eu desejava bem poder deixar nos **refolhos** de minha memória ou no fundo do meu **tinteiro**.

Refolho: dobra, prega.

Tinteiro é o pote no qual se molha a ponta da pena de escrever.

Se tivesse agora ao meu lado o sr. Couto, estou certo que ele me aconselharia para as ocasiões difíceis uma reticência. Com efeito a reticência não é a hipocrisia no livro, como a hipocrisia é a reticência na sociedade?

Sempre tive horror às reticências; nesta ocasião antes queria desistir do meu propósito, do que desdobrar aos seus olhos esse véu de pontinhos, manto espesso, que para os severos moralistas da época aplaca todos os escrúpulos; e que em minha opinião tem o mesmo efeito da máscara, o de aguçar a curiosidade.

Por isso quando em alguns livros moralíssimos vejo uma reticência, tremo! Se uma curiosidade ingênua de quinze ou dezesseis anos passar por ali, não verá abrir-se em cada um desses pontinhos o abismo do desconhecido?...

A minha história é imoral; portanto não admite reticências; mas tenho um desvanecimento, pouco modesto, confesso. Caso a senhora cometesse a indiscrição de ler estas páginas a alguma menina inocente, talvez chegassem ao fim sem uma única pergunta. A borboleta esvoaça sem pousar entre as flores venenosas, por mais brilhantes que sejam; e procura o pólen no cálice da violeta e de outras plantas humildes e rasteiras. O espírito da moça é a borboleta; o seu instinto a castidade.

Entretanto, se este manuscrito tivesse de sair à luz pública algum dia, e um editor escrupuloso quisesse dar ao pequeno livro passaporte para viajar das estantes empoeiradas aos **toucadores** perfumados e às elegantes banquinhas de costura, bastaria substituir certos trechos mais ousados por duas ordens de pontinhos.

A que se reduz por fim de contas a moral literária! Ao mesmo que a decência pública: a alguns *pontos* de mais ou de menos.

Lúcia fizera uma pausa na sua **estrepitosa** alegria, e caíra no **costumado** abatimento e distração. Eu a contemplava admirado do **letargo** que a tornava inteiramente estranha ao que ali se passava, quando ela voltou-se para mim com o seu sorriso de anjo decaído:

– Não lhe disse que nos havíamos de divertir muito?

– Contudo preferia estar só contigo. Todo o prazer de tão amável companhia, todo o brilho de teu espírito, que como o diamante faísca mais vivo quanto mais vivos são os raios da luz que o fere, nada disto faz esquecer a manhã de ontem!

– Ora! Há tanta mulher bonita! Qualquer destas vale mais do que eu, acredite! Demais quando tiver bebido al-

f Toucador é a penteadeira: um móvel (ou o cômodo onde ele fica) com espelho para se toucar, ou seja, se pentear e se enfeitar.

Estrepitoso: espalhafatoso, notório.

Costumado: habitual, costumeiro.

Letargo: torpor, desinteresse.

A francesa Barbe-Nicole Ponsardin (1777-1866), filha de um importante político da época, casou-se aos 21 anos com François Clicquot, que era produtor de vinho e acabou morrendo seis anos depois do casório. Dali em diante, ela virou uma referência na França em termos de fabricação de champanhe e ficou conhecida como madame Clicquot ou como Veuve Clicquot (viúva Clicquot, em francês). Até hoje, uma garrafa desse champanhe custa uma bela de uma grana e é considerada gostosura fina e de gente requintada.

guns copos de **clicquot** e sentir-se eletrizado, saberá o senhor de quem são os lábios que toca? Qual! É uma mulher! Uma presa em que ceva o apetite! Que importa o nome? Sabe porventura o nome das aves e dos animais que lhe prepararam esta ceia? Conhece-os?... Nem por isso as iguarias lhe parecem menos saborosas.

Estas palavras, assim lidas friamente, nada são comparadas com a voz amarga e sibilante que as pronunciava. Soltavam-se de seus lábios, e caíam no meu espírito, tão impregnadas de ondas de sarcasmo, que deixavam passando uma impressão **cáustica** e dolorosa.

Cáustico: mordaz, corrosivo.

– Não fales assim, Lúcia. Podia responder-te com a tua mesma comparação. Estas gelatinas e massas delicadas sabem que paladar as tem de gozar? Nem por isso deixam de exalar os mesmos aromas e guardar igual sabor para o dono da casa, como para qualquer dos convidados.

Sobejo: sobra, resto.

– Ou para os criados a quem se atiram os **sobejos** da ceia?... Não cuide que me ofendo! Se o senhor não diz por que é delicado, pensa-o talvez!

– Mudemos de conversa. Este tom de ironia me incomoda. Deste-me uma hora de prazer, que não esquecerei nunca. Não apagues o perfume desta lembrança.

– Que mal faz? Comprará outras horas de igual prazer: custam-lhe tão pouco!

– Oh! não seria o mesmo, não!

– Já não teria o encanto da novidade?

– Não teria a doce ilusão que arrancarias do meu espírito.

Fulgurante: brilhante, lampejante.

– Mas o senhor não sabe então?... perguntou erguendo os grandes olhos límpidos e **fulgurantes**.

– Sei tudo, mas não o quero saber; e menos de tua boca! Não sou para ti mais do que os outros; não te mereço nada; porém deixa-me a venda sobre os olhos, eu te peço! Sinto-me feliz com ela.

– O que não o impediria de ver-me com indiferença passar dos seus braços aos de qualquer destes homens, daquele velho por exemplo.

– Serias capaz de fazer isso, Lúcia?

– O que tenho eu feito toda a minha vida? Logo ou alguns dias depois... Questão de tempo!

– Não falas seriamente! É impossível!

– Aborreço o fingimento: não gosto de passar pelo que não sou. É tão ridícula essa comédia do amor, que representam os velhos e os meninos!

O **escárnio** da repetição de palavras que eu lhe dissera na véspera, esmagou-me.

– Estás tão calada agora, Lúcia! exclamou o Couto.

– Paulo está naturalmente fazendo-lhe a corte! replicou Sá rindo.

– E por isso Lúcifer desapareceu do horizonte!

– Lúcifer espera o reino das trevas! O sr. Paulo fazendo-me a corte!... Seria soberanamente ridículo para nós ambos!

– É a segunda vez que repetes uma palavra dita por mim num momento de despeito! Se te ofendi, perdoa-me, murmurei à meia-voz.

– Gostei da frase!

Estourava o champanha, fumegando nos cálices de cristal. Foi o sinal de um concerto infernal de saúdes, ***hourrhás*** e cantigas descabeladas, com o acompanhamento de uma orquestra de copos e pratos; no meio do rumor distinguia-se a voz de **falsete** do Couto, e a risada estridente de Lúcia, cujas **volatas** tinham o timbre metálico do canto da **uiraponga** entre os **múrmures** da floresta. Apenas começaram as primeiras explosões produzidas pelos vapores do vinho aristocrático, os criados saíram batendo a porta do serviço, que fechou-se interiormente.

Estávamos sós; a pêndula marcava uma hora e quarenta minutos; pouco tardaria o momento solene que o dono da casa, novo **Erasmo**, destinara para a inauguração da loucura.

Escárnio: desprezo, sarcasmo.

Hourrhás é o mesmo que hurras, gritos de entusiasmo.

Falsete é quando a voz é usada de maneira a ficar mais aguda.

Volata, na música, é uma sequência rápida de notas.

Uiraponga, ou araponga, é uma ave cujo pio se parece com marteladas em metal. Por isso, também é conhecida como pássaro ferreiro.

Múrmure: murmúrio, sussurro.

Erasmo de Roterdã (1466-1536) escreveu na Idade Média o livro *Elogio da loucura*, em que ela é narradora/protagonista e começa a questionar um monte de coisas, como a Igreja Católica (que ficou bastante brava com isso).

– Meus senhores, confesso que a minha vaidade de anfitrião, amador das artes, está um tanto humilhada! Ainda não disseram uma palavra a respeito dos meus quadros!

– De quem é a culpa? A magnificência da ceia e a amabilidade do hóspede não consentiram que levantássemos os olhos.

– Mas são realmente soberbas estas pinturas!... exclamou o Couto. Que posições admiráveis!... Ressuscitariam um morto. Apenas noto a ausência absoluta do **sexo feio**.

O sexo feio é o homem.

– Isso prova o bom gosto do pintor.

– E o mau gosto das filhas de Lesbos.

– Então acham essas mulheres admiráveis?

– Provocantes!

– Arrebatadoras!...

– E tu, Paulo, que dizes?

– Digo que vi ontem um quadro deste gênero, que eu não trocaria por todas as tuas pinturas! Era uma mulher; mas as formas palpitavam; a carne latejava sob os olhos que a devoravam; os lábios comiam de beijos a vítima que eles provocavam; e entre a cútis transparente corria o sangue, que se precipitava do coração **espadanando** em cascatas!

Espadanar: jorrar, borbotar.

– Sublime! A descrição é digna do quadro... que eu não vi! disse o Rochinha.

– Onde descobriste essa maravilha?

– É meu segredo.

– Nem se pode saber o nome do artista, sr. Silva?

– Não o adivinharam ainda!

– Será **Rafael**?

Rafael (1483-1520) foi um dos mais importantes artistas do Renascimento e pintou obras famosas como *A escola de Atenas*.

– É um **Ticiano póstumo**!

Ticiano (1488-1576) foi mais um famoso pintor renascentista. E "póstumo" porque a autoria da obra só foi reconhecida após sua morte.

– Ou algum gênio desconhecido?

– Enganaram-se: é um artista de todos os tempos e de todos os países; é o artista divino que fez as flores, as estrelas e as mulheres!

– Ah! neste gênero de pintura tenho visto o melhor que é possível!

– Eu aposto, disse Lúcia, que o sr. Silva, como os poetas, embelezou o seu quadro. Viu o que sentia; mas não o que era.

– Que importa! É outra ilusão minha que desejo guardar!

– Talvez não a guarde por muito tempo.

– Pois, meus senhores, continuou Sá, mostrando-lhes estas pinturas, preparei-lhes uma agradável surpresa. É nada menos que o original delas; não o original frio e calmo, mas um verdadeiro modelo, vivendo, palpitando, sorrindo, esculpindo em carne todas as paixões que deviam ferver no coração daquelas mulheres.

– Onde está ele?

– Lúcia vai mostrar-nos.

– Ah!...

– Magnífico!

– Que **maçada**! Esqueci o meu ***pince-nez***; disse o Rochinha.

– Estás pronta, Lúcia?

Ela ergueu-se, circulando a mesa com o olhar ardente e fascinado.

– Tu não farás isto, Lúcia! disse-lhe eu à meia-voz.

Dobrando como uma palma flexível o seu talhe esbelto, atirou-me ao ouvido uma palavra, que vazou no meu cérebro e correu-me pela medula dos ossos, como gota de metal em fusão.

– É preciso pagar a conta da ceia!

Travei-lhe da mão:

– Eu te suplico.

O seu corpo oscilou; caiu inerte sobre a cadeira.

– Que é isso? exclamou Sá. Tens vergonha de Paulo? É a única pessoa de mais que está hoje aqui.

– Ah! não é a primeira vez? perguntei empalidecendo.

– Será a primeira vez que copiará estes quadros, pois não há oito dias que os comprei; mas Lúcia não precisa de modelos, e já nos mostrou, não uma, porém muitas noites,

Maçada: chatice, aborrecimento.

Pince-nez (ou pincenê) vem do francês e significa "belisca-nariz". É um tipo de óculos sem hastes que não cai porque se segura no nariz

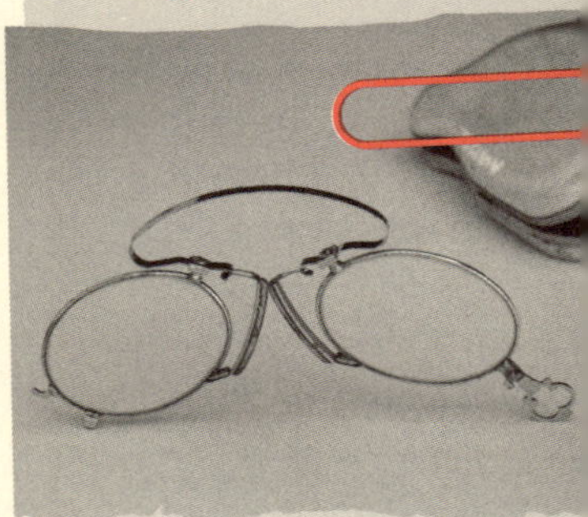

que tem, com a beleza dos anjos, o gênio da estatuária. Não é verdade, meus senhores?

– Bem vês, Sá, que a honra não é para todos. Sou indigno dela! disse eu.

– O que me está parecendo é que Lúcia quer apaixonar-te.

Soltei uma gargalhada.

– Perde o seu tempo! A mim?...

Lúcia ergueu a cabeça com orgulho satânico, e levantando-se de um salto, agarrou uma garrafa de champanha, quase cheia. Quando a pousou sobre a mesa, todo o vinho tinha-lhe passado pelos lábios, onde a espuma fervilhava ainda. Ouvi o rugido da seda; diante de meus olhos deslumbrados passou a divina aparição que admirara na véspera.

Lúcia saltava sobre a mesa. Arrancando uma palma de um dos jarros de flores, trançou-a nos cabelos, coroando-se de **verbena**, como as **virgens gregas**. Depois agitando as longas tranças negras, que se enroscaram quais **serpes** vivas, retraiu os rins num requebro sensual, arqueou os braços e começou a imitar uma a uma as lascivas pinturas; mas a imitar com a posição, com o gesto, com a sensação do gozo voluptuoso que lhe estremecia o corpo, com a voz que expirava no **flébil** suspiro e no beijo soluçante, com a palavra trêmula que borbulhava dos lábios no **delíquio** do êxtase amoroso.

Deviam de ser sublimes de beleza e sensualidade esses quadros vivos, que se sucediam rápidos; porque até as mulheres aplaudiam com entusiasmo e **frenesi**. Revoltou-me tanto cinismo; ergui-me da mesa.

– Que é isso? Não admiras? O que viste era mais perfeito!

– Não por certo!... Estes quadros são mais expressivos e naturais! São sublimes de verdade! Porém sinto-me sufocado pela atmosfera desta sala; preciso de ar.

Abri a porta que dava para o jardim, e saí.

Verbena é um gênero de flor da família *Verbenaceae*.

Entre os grandes deuses da mitologia grega encontramos as três deusas virgens, Palas Atena, deusa da sabedoria, Artemisa, deusa da caça, e Héstia, deusa da vida doméstica e do fogo.

Serpe: serpente.

Flébil: fraco, débil.

Delíquio: tontura, vertigem.

Frenesi: agitação, inquietação.

VIII

Bonina, também chamada de maravilha, é uma flor ornamental de muitas cores.

Olvidado: esquecido, deslembrado.

Unissonância é quando vários sons estão todos na mesma frequência.

Possessão é uma condição em que a pessoa acredita estar sendo controlada por algo contra sua vontade.

"Una caro" significa "uma só carne" em latim – conceito do cristianismo que tem a ver com o casamento.

Não sou dos felizes, que conservam a virgindade d'alma, e levam à santa comunhão do casamento a pureza e castidade das emoções. Bem cedo ainda senti murchar a **bonina** delicada do coração; e afoguei a minha ignorância nos gozos rapidamente fruídos, e brevemente **olvidados**.

Há porém na febre dos sentidos uma união íntima da matéria, **unissonância** de desejos e repercussão instantânea do prazer, que opera a transfusão mística da palavra santa. O homem e a mulher são a **possessão** mútua – ***una caro***, a carne única, onde vivem duas almas que nada veem, porque só veem a si.

Compreende agora por que a bacante ficou fria e gelada para mim, na sua ardente lascívia. A mulher que com seus encantos cevava outros olhos que não os meus, a estátua animada de desejos que eu não havia excitado, em vez de provocar em mim a admiração, indignou-me. Tive vergonha e asco, eu, que na véspera apertara com delírio nos meus braços essa mesma cortesã, menos bela ainda e menos deslumbrante, do que agora na sua fulgurante impudência.

Quando a mulher se desnuda para o prazer, os olhos do amante a vestem de um fluido que cega; quando a mulher se desnuda para a arte, a inspiração a transporta a mundos ideais, onde a matéria se depura ao hálito de Deus; quando porém a mulher se desnuda para cevar, mesmo com a vista, a **concupiscência** de muitos, há nisto uma profanação da beleza e da criatura humana, que não tem nome.

É mais do que a prostituição: é a brutalidade da jumenta ciosa que se precipita pelo campo, mordendo os cavalos para despertar-lhes o **tardo** apetite.

Contudo, passado o primeiro assomo, achei em minha alma, talvez mais piedade do que indignação. Lembrei-me do que Lúcia me tinha dito ao ouvido, da entonação áspera de sua voz, do estrépito nervoso de seu riso, e tive dó dessa moça. Que motivo a obrigava a descer tão baixo? Não era a **cupidez**, não; apesar do quanto me dissera o Cunha no teatro, havia naquela mulher **um quer que seja**, que revelava à primeira vista a nobreza do caráter. Devia de ser a depravação; mas a depravação como ainda não tinha encontrado, que se violentava, em vez de comprazer-se nos seus excessos.

Uma curiosidade irresistível me aproximara da porta que ficara entreaberta.

Lúcia, trançando a sua longa manta listrada de escarlate, que a envolveu como um **pálio romano**, voltara ao seu lugar, e **amolgara** sobre a cadeira um corpo sem articulações. Os aplausos e a ruidosa grita continuavam no meio do fogo rolante de ditos licenciosos. Passado um instante ela ergueu a cabeça, e seu olhar **embaciado** circulou, indo lentamente de um a outro conviva.

– Quem estava aqui? balbuciou indicando o lugar que eu havia deixado.

– Já perdeste a memória? Bom sinal!

– Era eu, Lúcia! Não te lembras! disse o Couto.

– Mas havia alguém aqui?

– Não te inquietes!... Paulo foi tomar ares no jardim. Já volta.

Concupiscência: apetite sexual, desejo.

Tardo: preguiçoso, vagaroso.

Cupidez: desejo, libido.

"Um quem quer que seja" significa "havia algo".

Pálio é um manto retangular que os romanos usavam sobre a túnica, parecendo um cachecol. Hoje, ainda é usado na Igreja Católica pelo papa e pelos arcebispos.

Amolgar: acomodar, recostar.

Embaciado: opaco, embaçado.

– E se não voltar... disse o Couto esticando-se na sua pretensiosa reticência.

– Era ele!... exclamou Lúcia rindo às gargalhadas.

– Está embriagada! pensei eu.

– E tu, Nina, não queres que também admiremos a tua beleza? dizia Sá.

– É verdade! Apreciaremos o contraste? gritou o Rochinha.

– Nada, ainda não desci a este ponto.

– Com efeito é preciso ter perdido a vergonha, murmurou Laura com desprezo.

Pressentir: adivinhar, perceber.

Lúcia, que saíra da mesa, voltou-se com uma dignidade e nobreza impossível de **pressentir** na cortesã da véspera e na bacante de há pouco; mas essa expressão foi rápida; sucedeu-lhe a habitual doçura, ainda realçada por um tom humilde.

– Não faças caso, é inveja, exclamou Sá.

– Tens razão, Laura, perdi a vergonha para ganhar o dinheiro de que precisas; e desci a este ponto, Nina, desde que me habituei a desprezar o insulto, tanto como o corpo que nós costumamos vender.

E sem esperar resposta, dirigiu-se à porta e saiu. O meu primeiro movimento foi de repulsão; mas não sei que atração irresistível me prendia a esta mulher, que a segui de longe. Vi-a caminhar de um lado para outro, olhando em torno como se procurasse alguém; por fim caiu extenuada sobre um banco de relva.

Aproximei-me então, e tomei-a nos braços, metiam dó as contrações nervosas que crispavam seu belo corpo, e os soluços de angústia que lhe partiam o seio, e cerravam a garganta, sufocando-a. Penou assim um tempo longo, em que receei por vezes que não expirasse sobre o meu peito. Finalmente a crise passou; foi-se acalmando, e desfaleceu.

– Que ideia triste o senhor deve ter de mim! murmurou com a voz sumida.

– Para que te prestas a estas cousas?

– O que sou eu?

– **Embora**! Há sempre um resto de dignidade, que impede a mulher de consentir no que acabas de fazer.

– Dignidade de quem se despreza a si mesma!... O que é este corpo que lhes mostrei há pouco, e que lhes tenho mostrado tantas vezes! O que vale para mim? O mesmo, menos ainda, do que o vestido que despi; este é de seda e custou o que não custa uma de minhas noites!... Oh! creia, mais nua do que há pouco, me sinto eu agora, coberta como estou e aqui onde a sombra nem lhe deixa ver-me o rosto!... Porém sua alma vê o que fui e o que sou, e tenho vergonha!

Aqui, "embora" está sendo usado como interjeição e quer dizer uma coisa tipo "deixa disso, criatura".

Lúcia atirou-se soluçando sobre o meu peito; e o que me restava ainda de indignação desvaneceu-se.

– Por que não persististe na tua recusa? Eu te pedi!

– Tinha eu o direito de recusar? Não foi para isso que se deu esta ceia?

– Sá te disse alguma cousa a meu respeito?

– Não; mas adivinhei. Queria que lhe roubasse a surpresa que estava preparada, e aguasse com uma contrariedade a festa de seu amigo? Demais não havia de saber; não lhe contariam, se já não lhe contaram, toda a minha vida?

– Não me incomodaria tanto como o que vi.

– Mas então para que veio?

– Não sabia o que se tinha de passar; suspeitava que te havia de encontrar aqui; porém nunca pensei que homens de educação achassem prazer em obrigar uma pobre mulher a semelhante degradação!

– Eles compram o seu prazer onde o acham; a degradação e a miséria é de quem recebe o preço. Senti-o hoje! Nunca isso custou-me tanto! Conheci que era uma **infâmia**; se o senhor não zombasse de mim, não o teria feito por cousa alguma deste mundo.

Infâmia: calúnia, desonra.

– Nem sei onde estava naquele momento! Mas, Lúcia, já que o confessas, promete-me... Nada sou para ti, as nossas relações datam de ontem; porém em nome da indignação que senti, e do interesse que me inspiras, promete-me que nunca mais farás semelhante cousa.

Ela ergueu-se:

– Eu lhe juro, disse com a fala grave e comovida.

Sentando-se de novo ao meu lado, continuou:

– E o senhor não me julgará muito indigna? Não me desprezará?

– Não te desprezo; tenho pena de ti.

Lúcia travou-me da mão e beijou-a.

Esse beijo submisso fez-me mal.

Afastei-me arrebatadamente. Senti as mãos úmidas de lágrimas, que eu não sentira chorando-as. Lúcia aproximou-se pouco a pouco; os seus passos ligeiros crepitavam na areia; parou diante de mim, e não me animei a olhá-la.

Estranha contradição!

Quando a lembrança ainda recente devia avivar as cores do quadro vergonhoso e revoltante que me tinha indignado, eu esquecia a pesar meu. Se fazia um esforço para evocar a cena da ceia, as ideias confundiam-se; a imagem da bacante, surgida um momento, ia-se desvanecendo até sumir-se; e nas sombras que nublavam o meu pensamento assomava radiante a mulher que eu possuíra na véspera com todas as forças de minha vitalidade. O desejo parecia mesmo ter adquirido nova **têmpera**, e mais poderosa, na luta de que saíra.

Têmpera: estilo, característica.

Lúcia se tinha sentado junto de mim; alisava-me os cabelos, olhando-me à luz das estrelas.

– Se não tivesse vindo! suspirou ela. Não me fugiria; talvez olhasse para mim como das primeiras vezes que nos vimos; ao menos ainda poderia dar-lhe um pouco de prazer, já que nada mais tinha para dar-lhe.

– E por que não me darás ainda, Lúcia, esse prazer?

– Depois do que se passou?

– Cala-te! murmurei surdamente. Tu és uma criança!... Não tens culpa do que fizeste!

– **Deveras** me perdoa?... Ainda me quer?

Colei os meus lábios ao ouvido de Lúcia; tinha vergonha do eco de minhas palavras.

– Quero-te para sempre! Quero que sejas minha e minha só.

– Ah!...

Lúcia saltou como a **gazela** prestes a desferir a corrida, quando as baforadas do vento lhe trazem o faro de tigre remoto; estendendo o braço mostrou-me a sala da ceia, donde escapava luz e rumor.

– Mais longe!...

Fomos **través** das árvores até um berço de relva coberto por espesso **dossel** de jasmineiros em flor.

– Sim! Esqueça tudo, e nem se lembre que já me visse! Seja agora a primeira vez!... Os beijos que lhe guardei, ninguém os teve nunca! Esses, acredite, são puros!

Lúcia tinha razão. Aqueles beijos não é possível que os gere duas vezes o mesmo lábio, porque onde nascem queimam, como certas plantas vorazes que passam deixando a terra **maninha** e estéril. Quando ela colou a sua boca na minha pareceu-me que todo o meu ser se difundia na ardente inspiração; senti fugir-me a vida, como o líquido de um vaso **haurido** em ávido e longo **sorvo**.

Havia na fúria amorosa dessa mulher um quer que seja da **rapacidade** da fera.

Sedenta de gozo, era preciso que o bebesse por todos os poros, de um só trago, num único e imenso beijo, sem pausa, sem **intermitência** e sem repouso. Era serpente que enlaçava

Deveras: realmente, verdadeiramente.

Gazelas são pequenos antílopes bem comuns na África que simbolizam a graça feminina.

Través: ao lado.

Dossel é uma cobertura formada pelo encontro das copas de árvores.

Maninho: infecundo, improdutivo.

Haurido: consumido, esvaziado.

Sorvo: gole, trago.

Rapacidade é uma vontade doida de achar uma presa.

Intermitência: pausa, intervalo.

Alhear: alienar, abstrair.

Feroce: feroz, bravio.

Esclarecer: iluminar, clarejar.

Júbilo: alegria extrema, grande felicidade.

Infrene: descomedido, descontrolado.

Calcar: desprezar, menosprezar.

Torpeza é uma coisa muito baixa, que provoca repulsa.

Hediondez: horror, repugnância.

a presa nas suas mil voltas, triturando-lhe o corpo; era vertigem que vos arrebatava à consciência da própria existência, **alheava** um homem de si e o fazia viver mais anos em uma hora do que em toda a sua vida.

A aspereza e **feroce** irritabilidade da véspera se dissipara. O seu amor tinha agora sensações doces e aveludadas, que penetravam os seios d'alma, como se a alma tivera tato para senti-las.

Não fui eu que possuí essa mulher; e sim ela que me possuiu todo e tanto, que não me resta daquela noite mais do que uma longa sensação de imenso deleite, na qual me sentia afogar como num mar de volúpia.

Quando o primeiro raio da manhã tremulando entre as folhas rendadas veio **esclarecer**-nos, Lúcia, reclinada a face na mão, me olhava com o ressumbro de doce melancolia, que era a flor de seu semblante em repouso. Embebendo o olhar no meu, procurou o pensamento no fundo de minha alma. Sorri; ela corou; mas desta vez entravam também no rubor os toques vivaces do **júbilo** que iluminou-lhe a fronte.

Incompreensível mulher!

A noite a vira bacante **infrene**, **calcando** aos pés lascivos o pudor e a dignidade, ostentar o vício na maior **torpeza** do cinismo, com toda a **hediondez** de sua beleza A manhã a encontrava tímida menina, amante casta e ingênua, bebendo num olhar a felicidade que dera, e suplicando o perdão da felicidade que recebera.

Se naquela ocasião me viesse a ideia de estudar, como hoje faço à luz das minhas recordações, o caráter de Lúcia, desanimaria por certo à primeira tentativa. Felizmente era ator neste drama e guardei, como urna de cristal guarda por muito tempo o perfume de essência já evaporada, as impressões que então sentia. É com elas que recomponho este fragmento de minha vida.

Lúcia disse-me adeus; não consentiu que a acompanhasse, porque isso me podia comprometer. Insisti debalde; e recolhi-me de meu lado quebrado de fadiga e sono.

Em casa de Sá já se dormia quando partimos.

IX

Acordei por volta de duas horas, e fui escrever. Depois da noite que passara talvez suponha que fiz versos. Pois engana-se: fiz contas.

Revi o meu **livro de assentos**, dando balanço à minha fortuna, que então orçava por uma quinzena de contos. Era bem pobre; mas estava independente, formado, no ardor da mocidade e sem encargos de família. Já tinha a intenção de estabelecer-me aqui; e antes de começar a vida árida e o trabalho sério do homem que visa ao futuro, queria dar um último e esplêndido banquete às extravagâncias da juventude.

Livros de assentos são cadernos nos quais se faz anotações. Muitas vezes, essas anotações são registros oficiais, como o livro de assentos de nascimento, ou de casamento, de batismo, de óbito. Mas no caso aqui era mais tipo um livro de contabilidade.

Quem melhor do que Lúcia me ajudaria a consumir as migalhas que me pesavam na carteira, e me embelezaria um ou dous meses da vida que eu queria viver por despedida? Separei o necessário para a minha subsistência durante dous anos; e com a fé robusta que se tem aos vinte anos, rico de esperanças, destinei o resto ao **festim de Sardanapalo**, onde

Sardanapalo foi um rei assírio que adorava uma festa (festim). Ao ver que não escaparia de um ataque ao seu reino, tascou fogo em tudo, inclusive nele mesmo!

Árvore originária da Etiópia e da Somália, na África, a *Commiphora myrrha* produz uma resina cheirosinha utilizada em várias culturas pelos anos afora. Os egípcios tascavam isso no corpo do morto que ia virar múmia. Outras culturas achavam que esse treco era bom contra infecções e várias religiões curtem a mirra como incenso. Hoje em dia, ela também entra na composição de um bocado de produtos de beleza.

eu devia queimar na pira do prazer a derradeira **mirra** da mocidade.

Tendo registrado no meu ***budget***, com um simples traço de pena, a importante resolução, saí para matar a sede de ar, de sol e de espaço que sente o homem depois do sono tardio e enervador. **Espaciei** o corpo pela rua do Ouvidor; o espírito pelas novidades do dia; os olhos pelo azul cetim de um céu de abril e pelas **galas** do luxo europeu expostas nas vidraças.

Era um domingo; o **ócio** dos felizes desocupados tinha ganhado o campo e os arrabaldes. Encontrei por isso poucos conhecidos e fria **palestra**.

Queria fazer horas para ir ver Lúcia. Com os hábitos de voluptuosa indolência, que tomam as mulheres a quem faltam os cuidados domésticos, não era natural que tão cedo fosse visível. Para ocupar-me dela, entrei em casa do **Valais**, o joalheiro do bom-tom.

Comprei, não o que desejava, mas o que permitiam as minhas finanças. Só os milionários gozam do prazer de medir a sua liberalidade pela efusão do sentimento; entretanto o desejo **avulta** justamente onde míngua a fortuna. Tinha escolhido uma dessas **galanterias** de ouro e brilhantes, que custam algumas centenas de mil-réis, e valem um capricho, uma tentação, um sorriso de prazer.

Budget significa "orçamento", em inglês.

Espaciar: passear, perambular.

Galas são roupas ou joias chiques e caras.

Ócio: descanso, repouso.

Palestra: conversa, bate-papo.

Carlos (ou Karl) Valais era o dono de uma joalheria famosa no Rio de Janeiro da época e atendia até d. Pedro II.

Avultar: crescer, aumentar.

Galanterias são objetos bonitos, chiques, finos.

Ao sair vi um adereço de **azeviche** muito simplesmente lavrado, e por isso mesmo ainda mais lindo na sua simplicidade. Tênue filete de ouro embutido bordava a face polida e negra da pedra. Há certos objetos que um homem dá à mulher por um **egoístico** instinto do belo, só para ver o efeito que produzem nela. Lembrei-me que Lúcia era alva, e que essa joia devia tomar novo realce com o brilho de sua cútis branca e acetinada. Não resisti; comprei o adereço, e tão barato, que hesitei se devia oferecê-lo.

Azeviche é uma pedra negra e bem dura, boa para ser esculpida. É muito utilizada em peças de bijuteria ou em botões de roupa.

Egoístico: egoísta.

Seriam quatro horas.

Achei Lúcia reclinada no sofá. Estava matando o tempo, ora examinando o crivo dos punhos e o debuxo do penteador de cambraia, ora cerrando as pálpebras para engolfar o espírito nalguma deliciosa reminiscência.

– Preguiçoso! Há duas horas que o espero! disse dando-me a mão e sorrindo.

– Saí há muito tempo, e não passei por aqui com receio de incomodar-te.

– Tenha a bondade de dizer: quem lhe deu o direito de pensar que me incomoda?

– O meu gênio! Desconfio de mim.

– Pois o seu gênio enganou-o: fique sabendo que o senhor nunca me pode incomodar a qualquer hora que venha aqui! Nunca; ouviu?

– E quanto tempo durará isso?

– Ah! já lhe disseram que sou volúvel! Eles têm razão de o dizer; porém má como sou, ainda assim não me julgue pelo que lhe contarem.

– Não te julgo, nem te quero julgar. Conheço-te de ontem; de ontem somente, tu o disseste!

– Pois essa que fui ontem continuarei a ser, já que Deus não quis que fosse a outra, que viu da primeira vez.

– Não era mais bonita do que a desta noite.

– Quem sabe? Mas diga-me, continuou acariciando-me o rosto com a mão travessa; deveras pensou hoje alguma vez em mim, ou esqueceu-se apenas nos separamos.

– Tanto, que te trouxe uma lembrança.

– Ah! quero ver, sou muito curiosa!

Tirei as joias e dei-lhe: o sorriso faceiro que despontava no lábio murchou de repente. Atribuí a excesso de curiosidade e atenção; porém ela abrindo lentamente a caixa, lançou-lhe apenas um olhar distraído, e deitou-a sobre a cadeira com uma frieza glacial e um desgosto, que transparecia entre a expressão de forçada amabilidade com que me agradeceu:

– Obrigada; não valho tanto!

Esse *tanto* foi dito com uma surda vibração, e profunda, como se a voz que o articulara houvesse ferido interiormente todas as cordas de sua alma. "Cunha tinha razão, pensei eu; a cupidez e a avareza são as molas ocultas que movem este belo autômato de carne. Está habituada a presentes de milionário; desdenha a migalha do pobre."

Tive ímpetos de cuspir dos lábios os beijos que recebera e não podia pagar pelo seu justo preço.

Abria ela a outra caixa com a mesma lentidão e indiferença; quando súbito expandiu-se num desses enlevos que descem, como ondas de fluido luminoso, da fronte apaixonada e inteligente da mulher que ama. Soltou um pequeno grito de prazer, e agradeceu-me desta vez sem palavras, com um só olhar, mas olhar como ela unicamente os tinha; olhar fundo e longo, que parecia surgir de um abismo e dilatar-se ao infinito.

Posso eu descrever-lhe a ingênua alegria e as **visagens** graciosas e infantis que ela fez diante dessa joia sem valor? Era a **gárrula** travessura da criança a quem se deu um brinquedo bonito; a mimosa **garridice** da menina que festeja o seu primeiro enfeite de moça; as carícias felinas do gato brincando com a tímida presa que vai devorar.

Visagem: gesto, trejeito.

Gárrulo: falador, tagarela.

Garridice: brilho, vivacidade.

– Que bonito, meu Deus! exclamava a cada instante. Quero ver como me fica! Hei de trazê-lo sempre!

Imediatamente substituiu os brincos que tinha pelos de azeviche, cingiu o colar, e saltando como uma louquinha, correu ao espelho; aí repetiu-se a mesma cena. Apesar da naturalidade e do ímpeto involuntário destes gestos, a minha habitual desconfiança suspeitou naquela **efusão** de contentamento uma zombaria amarga; supus um momento, que ela pretendia ironicamente fazer-me sentir por esse modo a mesquinhez do presente.

Efusão: entusiasmo, expansão.

Não lhe cause isto surpresa; lembre-se que ideia devia fazer então dessa mulher pelos precedentes que conhecia de sua vida.

– Que significa esta admiração fora de propósito, Lúcia? Estou arrependido de te haver oferecido semelhante ninharia; mas cuidei que me perdoasses em atenção à outra, que não me parecia muito digna de tua beleza. Não sou rico; e há pouco a indiferença com que recebeste esta pulseira fez-me sentir bem amargamente a minha pobreza. Estou convencido que o fizeste sem querer.

Essa criatura tinha a intuição rápida e instantânea, que é no homem a segunda vista do gênio, e em algumas mulheres privilegiadas um instinto sutil do coração. À primeira palavra, a expansiva alegria que vertia de toda sua pessoa caiu-lhe aos pés. Ficou séria, submissa e envergonhada, como a criança traquinas, que surpreende em flagrante o ralho paterno. Recolheu confusa o adereço e veio sentar-se ao meu lado.

– Diz que recebi com indiferença esta pulseira! E qual é a causa da minha alegria? Disfarcei para o senhor não pensar que desejo me venha ver somente pelo valor destes brilhantes. Além disto, quando se recebe mais do que se vale, fica-se acanhada.

Compreendo hoje as rápidas transições que se operavam nessa mulher; mas naquela ocasião, como podia adivinhar a causa ignota que transfigurava de repente a cortesã depravada na menina ingênua, ou na amante apaixonada?

– Mas por isso não se zangue comigo!

E inclinou a face para receber uma carícia.

– Torno a pedir-te, Lúcia; nunca me digas o que não sentes. Tens o mau gosto de te rebaixares.

– Se eu quisesse parecer melhor do que realmente sou e fingir sentimentos que não posso ter, me tornaria ridícula. Talvez o senhor fosse o primeiro a **escarnecer** de mim.

Escarnecer: caçoar, zombar.

– Tudo isto, sabes o que é? É orgulho ofendido por algumas palavras que me escaparam antes de ontem. Não negues; já te conheço melhor do que tu mesma.

– Deveras! É difícil conhecer-me; mais difícil do que pensa. Eu mesma, sei o que às vezes se passa em mim? E o motivo que me arrasta sem querer? Não repare nestas esquisitices! Ralhe comigo, quando eu merecer; prometo corrigir-me.

– Era o meio de me tornar insuportável. Daqui a uma semana não me poderias aturar.

– Experimente!

– Não; dizem que és muito caprichosa, e não há nada que eu respeite como os caprichos de uma mulher. Fica o que tu és; somente sentiria que cometesses excessos como os de ontem.

– Já lhe dei um juramento!

– Acredito nele. Portanto não há necessidade de te humilhares diante de mim, que não tenho direito de pedir-te contas de tua vida. Não te pergunto pelo passado. O que te peço são alguns instantes de prazer. Quando te aborrecer, previne-me.

– O senhor nunca me há de aborrecer! Se este prazer que lhe dou vale alguma cousa, tome dele quanto queira; pertence-lhe todo!

Davam seis horas. Lúcia pediu-me que jantasse com ela, e fê-lo com tal humildade e timidez, que apesar dos meus escrúpulos aceitei para não mortificá-la. Enquanto ela vestia-se no toucador, recostei-me no sofá e descontei quase uma hora do sono perdido na véspera. Abrindo os olhos, vi Lúcia reclinada sobre mim.

– Devias estar maçada por me ver dormir. Por que não me acordaste?

– Agora mesmo acabei de aprontar-me.

Estava encantadora com o seu roupão de seda cor de pérola ornado de grandes laços azuis, cuja gola cruzando-se no seio deixava-lhe apenas o colo descoberto. Nos cabelos simplesmente penteados, dous cactos que apenas começavam a abrir às primeiras sombras da noite. Mas tudo isso era nada a par do brilho de seus olhos e do viço da pele fresca e suave, que tinha reflexos luminosos.

– Foi para mim que te fizeste tão bonita?

– E para quem mais? disse com um acento queixoso. Estou a seu gosto?

– Como sempre.

– Pois vamos jantar.

Ela fez-me as honras de sua casa como uma verdadeira senhora, com o tato esquisito que põe o hóspede à sua vontade, cercando-o contudo de mil atenções delicadas. O jantar foi sério. Ou porque Lúcia nessa ocasião desejasse conservar a sua dignidade de dona de casa; ou porque a presença dos criados a acanhasse, o fato é que não deixou nunca o tom ligeiramente cerimonioso que havia tomado.

Depois de jantar sentamo-nos no terraço, onde tomamos café, e eu fumei o meu charuto, do qual ela brincando roubou-me algumas fumaças com tal graça e prazer, que bem provavam ter cultivado mais esse vício.

A noite estava bonita e estrelada, e o céu coalhado de nuvens que recortavam sobre o azul as formas caprichosas. Lúcia tinha a alma poética; falava da natureza com o entusiasmo ingênuo que dá a vida contemplativa àqueles que não conhecem os segredos da ciência; muitas vezes fazia-me perguntas que me embaraçavam; outras cortava a frase colorida com um riso em que vertia a sua fina ironia.

– Ali está a minha estrela! Olhe, sou eu! disse mostrando-me Lúcifer, que se elevava no oriente límpida e fulgurante.

Não pude deixar de sorrir-me.

– És muito linda no céu, sobretudo hoje que vestes um manto de tão puro azul; mas eu te prefiro aqui junto de mim, Lúcia.

– Também eu; antes queria viver sempre neste cantinho da terra como agora, respondeu-me tomando as mãos e olhando-me, do que no céu como ela brilhando para o mundo inteiro.

Calou-se um instante.

– Se eu ainda lá estivesse, desceria agora para vir sentar-me aqui. Mas Lúcifer deixou no céu a luz que perdeu para sempre.

Quando voltamos ao salão, já estava iluminado.

É preciso ter como Lúcia a beleza, a sedução e o espírito que enchem uma sala; a mobilidade e a elegância que multiplicam uma mulher, como o prisma reproduz o raio do sol por suas mil facetas; para assim consumir deliciosamente uma noite com as **filigranas** da galanteria feminina. Em três horas, que voaram, quer saber o que fez essa mulher? Tocou e cantou com sentimento, conversou com a sua graça habitual, representou-me tipos da comédia fluminense; fez a sátira dos ridículos da época; recitou versos de **Garrett**, como o faria a Gabriela; brincou, saltou, dançou; e por fim acabou tornando-me criança como ela, e obrigando-me a jogar prendas que eram resgatadas com um beijo na face.

Filigranas são enfeites delicados.

João Baptista da Silva Leitão de Almeida Garrett (1799-1854) foi um escritor romântico português e autor de várias peças de teatro. Formado em direito, estava sempre enfiado em política e devido a isso viveu uns tempos exilado na Inglaterra e na França. Depois de muitas idas e vindas, em 1852 acabou sendo nomeado visconde de Almeida Garrett.

Às dez horas quis retirar-me. Lúcia suspendeu-se ao meu ouvido, e balbuciou muito baixo uma súplica:

– Fique!

Um olhar eloquente, raio voluptuoso que rompeu o enleio encantador de seu gesto, disse-me quanto havia nessa palavra. O meio de resistir a semelhante pedido?

X

Recolhendo-me no dia seguinte, encontrei Sá que subia as escadas do hotel.

– Que fim levaste antes de ontem, que ninguém te viu mais?

– Voltei para casa.

– Com Lúcia, já se sabe! Ainda estás muito atrasado, Paulo. Tens o amor no meio de uma claridade esplêndida, em volta de uma mesa bem servida, sobre macios tapetes; e preferes o amor bucólico ao relento e sobre a relva!...

– Sou extremamente egoísta nesta matéria, meu amigo: só partilho o amor com a mulher que o sente.

– São gostos; mas ficaste sabendo o que é Lúcia, e entretanto ela estava de mau humor. Num dos seus bons dias, não tem que invejar às cortesãs gregas ou às **messalinas** romanas.

– Ela já contou-me tudo isso, Sá, respondi com impaciência.

Messalina foi a terceira esposa de Cláudio, um imperador romano. Dizem que ela o traía com meio mundo. Daí chamar assim a mulher que faz sexo com todos.

– Pudera não! São os seus brasões de glória; e por isso previno-te. É uma mulher que só pode ser apreciada de copo na mão e charuto na boca, depois de ter no estômago dous litros de champanha pelo menos. Nessas ocasiões torna-se sublime! Fora disso é excêntrica, estonteada e insuportável. Ninguém a compreende.

– Eu compreendo-a perfeitamente. É uma moça gasta para os prazeres; ainda jovem no corpo, mas velha n'alma. Quando se atira a esses excessos de depravação, é estimulada pela esperança vã de um gozo que lhe foge; atordoa-se, embriaga-se e esquece um momento; depois vem a reação, o nojo das torpezas em que **rojou**, a irritabilidade de desejos que a devoram e que não pode satisfazer; nestas ocasiões tem suas **veleidades** de arrependimento; a consciência solta ainda um grito fraco; a cortesã revolta-se contra si mesma. Isso passa no dia seguinte. Eis o que é Lúcia; daqui a algum tempo o hábito fará dela o mesmo que tem feito das outras: envelhecerá o corpo, como já envelheceu a alma.

Rojar: rastejar, arrastar.

Veleidade: inconstância, volubilidade.

Sá me ouviu rindo **à socapa** e com malícia:

"À socapa" quer dizer "de um jeito disfarçado".

– Pois já que a compreendeste tão bem, explica-me isto.

E apresentou-me uma carta aberta, que ao tirar do sobrescrito deixou cair algumas notas do banco. Era de Lúcia, e dizia:

"O senhor enganou-se. Sou eu que lhe devo, e tanto, que não lho poderei pagar nunca."

Senti lendo esta carta um bem-estar inexprimível.

– Que dizes? perguntou Sá.

– Digo que ela fez o que devia.

– Talvez por conselho teu?

– Afirmo-te que não sabia disto; e que soubesse, bem se importa Lúcia com os meus conselhos. Seguiu o seu próprio impulso: arrependeu-se do que fez; e te agradece a lição. Nada mais natural.

Sá olhou-me um instante:

– Somos ambos moços, Paulo; porém sou mais velho três anos de idade, e oito anos de Rio de Janeiro. A corte é um país onde se envelhece depressa; por isso não te admires se falo como um homem de cinquenta anos. Queres te divertir: é justo, é mesmo necessário; porém não tomes Lúcia ao sério.

– Não te entendo!

– Sabes que terrível cousa é uma cortesã, quando lhe vem o capricho de apaixonar-se por um homem? Agarra-se a ele como os vermes, que roem o corpo dos pássaros, e não os deixam nem mesmo depois de mortos. Como não tem amor, e não pode ter; como a sua inclinação é apenas uma paixão de cabeça e uma excitação dos sentidos, orgulho de anjo decaído mesclado de sensualidade brutal; não se importa de humilhar seu amante. Ao contrário sente um prazer novo, obrigando-o a sacrificar-lhe a honra, a dignidade, o sossego, bens que ela não possui. São seus triunfos. Fá-lo instrumento da vingança ridícula, que todas essas mulheres prosseguem surdamente contra a boa sociedade, porque não as aplaude. O seu ciúme é fome apenas; se o amante tem alguma afeição honesta, ela torna-se confidente de seus amores, encoraja-o, serve-o mesmo, para ter o gosto de mais tarde disputar a presa. Então não há excesso que não cometa. Se for necessário **aviltar** o homem, ela o fará, à semelhança desses torpes glutões que cospem no prato para que os outros não se animem a tocá-lo.

Aviltar: ofender, ultrajar.

– Mas a que vem este sermão, Sá? As minhas relações com Lúcia não têm nada que se pareça com o teu romance; tu me conheces bem para saber que não há mulher no mundo capaz de me atar à cauda de seu vestido, ainda quando fosse para elevar-me, quanto mais para arrastar-me na lama.

– Quando essa mulher é Lúcia, o próprio **José** devia temer, Paulo.

– É perigosa assim? perguntei zombando.

– A mulher de **Putifar** foi uma pobre moça, devorada pela concupiscência, que se atirava cega e alucinada nos braços do homem desejado. Era natural que a virtude chocada bruscamente repelisse o vício, como um corpo elástico repele outro. Essa mulher não conhecia a arte da tentação. Se ardendo em febre sensual,

Diz a Bíblia que José, do Egito, era o filho predileto de Jacó e que, por isso, os irmãos o venderam como escravo. Assim, ele foi parar na casa de Putifar (ou Potifar), um general do exército egípcio.

Putifar era casado com uma dona que dava em cima de José, mas ele sempre achava um jeito de fugir daquela encrenca. Um dia, ela agarrou José pelo manto que ele usava. O cara escapou, só que o pano ficou na mão dela, que logo disse para o maridão que era José que estava tentando agarrá-la. Putifar, achando que o escravo estava traindo sua confiança, ficou furioso, e José foi parar na cadeia por causa da mentirada toda.

quando estendia a perna nua ou descobria o seio a José, tivesse a força de olhá-lo como ao cão importuno que gira em torno do festim a quem o conviva repele com o pé, não se passaria muito tempo sem que o animal exasperado se lançasse sobre o osso, que o tentava, para devorá-lo, embora soubesse que lhe atravessaria a garganta.

– Mas eu não sou José, respondi sorrindo; e prefiro a carne que me dão, ao osso que me recusam.

– Por isso mesmo! Bebeste o primeiro trago do vinho; provaste uma vez do fruto proibido. Já conheces o amor dessa mulher: é um gozo tão agudo e incisivo que não sabes se é dor ou delícia; não sabes se te revolves entre gelo ou no meio das chamas. Parece que dos seus lábios borbulham lavas embebidas em mel; que o ligeiro buço que lhe cobre a pele acetinada se **erriça**, como espinhos de rosa através das pétalas macias; que o seu dente de pérola te dilacera as carnes deixando **bálsamo** nas feridas. Parece-te enfim que essa mulher te sufoca nos seus braços, te devora e absorve para cuspir-te imediatamente e com asco nos beijos que atira-te à face!

– É verdade! disse eu lembrando-me; mas já a senti uma vez sem esse sabor agro e corrosivo.

– Porque teu paladar se vai habituando. Só conheci uma criatura assim e não era uma cortesã... Mas não se trata disto, atalhou Sá como repelindo uma recordação importuna. Quando supuseres que o tédio te invade, procurarás debalde o prazer; a mulher a mais provocante, esteja ela possessa de vinho e de amor, te parecerá morta. Eis o perigo: terás a força de resistir?

– Tu não resististe?

– Com esforço; e entretanto quando a conheci, há um ano, já tinha feito todas as minhas provas; não creio que possas dizer o mesmo.

– Mas se Lúcia é essa mulher esquisita, insuportável e caprichosa, ela mesma se incumbirá de curar-me.

– E se eu te disse que é essa versatilidade e inconstância de humor que a torna mais excitante! Acrescenta que Lúcia tem vontade de apaixonar-se por ti.

– Oh! essa é galante! Como fizeste semelhante descoberta?

"Erriça" é o mesmo que "eriça", que vem do verbo "eriçar" – que significa ficar com os pelinhos do corpo em pé.

Bálsamo é uma maçaroca gordurosa e de cheiro bom que era usada na tentativa de ajudar a curar feridas.

A escritura é a Bíblia. E conhecer uma pessoa biblicamente é o mesmo que ter relações sexuais com ela.

– Esta carta! O que é que Lúcia me pode dever daquela ceia, senão o teu conhecimento?

– Eu já a conhecia.

– De vista.

– Na frase da **escritura**, Sá.

– Ah!

– Estive em sua casa, quinta-feira.

– Bem: cumpri o meu dever de amigo; cumpre o teu de homem sensato. Adeus.

Voltei de tarde à casa de Lúcia; encontrei na sala uma das nossas companheiras de ceia. Lúcia vendo-me entrar ergueu-se bruscamente.

– Desculpa, Laura, amanhã passarei por tua casa, e então conversaremos; agora não posso.

– Eu te deixo, mas acredita que não esquecerei nunca o favor que me fizeste.

– Não vale a pena. Adeus.

– Hei de lembrar-me sempre que sem ti, não teria amanhã onde dormir. É pequeno serviço?

– Não vês que me estás aborrecendo, Laura! disse Lúcia batendo o pé com impaciência.

– Está bem, não quero que te arrependas do benefício.

– Certamente me farás arrepender. Sabes que eu não gosto que me contrariem. Adeus.

Laura fitou nela um olhar surpreso, no qual passou rapidamente a sombra de um ressentimento; mas acabou rindo-se, e saiu depois de dizer estas palavras:

– Tu me expulsas de tua casa? Não tenho o direito de me ofender; acabas de pagar o aluguel da minha.

A porta fechada por Lúcia bateu com tanta força que as vidraças das janelas estremeceram.

Tinha assistido de parte a esse pequeno e vivo diálogo, e compreendera tudo. A alusão que Lúcia fizera na noite da ceia realizava-se; Laura recorrera a ela numa dificuldade, e acabava de receber o benefício da mão que insultara. Inda mais, sem

delicadeza para compreender o motivo da contrariedade de Lúcia que desejava ocultar de mim a sua generosidade, saía **maculando** com uma ironia grosseira a gratidão que exprimia.

Macular: manchar, profanar.

O coração de uma me apareceu vil e torpe, quanto a alma da outra se mostrava nobre, elevada e rica de sensibilidade.

Lúcia deu algumas voltas pela sala, enquanto dominava a sua agitação, e caminhou para mim risonha, meiga, e ainda resplandecente das cores vivas que uma **cólera** passageira abrira em suas faces, como as tempestades rápidas, que atravessam a atmosfera, deixando a natureza mais brilhante e viçosa.

Cólera: raiva, fúria.

– Agora é meu até?... e a última palavra desfez-se num sorriso celeste. Até amanhã! E meu só.

Inclinou a fronte, que eu beijei.

– Por que estavas há pouco tão zangada?

– Já não me lembro! respondeu com faceirice, pousando a unha rosada no lugar que os meus lábios tinham tocado. Apagou tudo! Estas horas que acabam de passar não contam na minha vida. Dormi e sonhei. Foi o senhor que me acordou: e eu acordei rindo-me. Não viu?

– Quiseste ocultar-me; mas entendi tudo. Acabavas de fazer um benefício à mulher que te ofendeu.

– Ela não teve culpa! Foi um despeito porque não lhe deram a preferência: eu faria o mesmo. Demais, não era justo o que ela disse?

– Em todo o caso é preciso muita baixeza para pedir-se um favor à pessoa a quem se dirigiu um insulto.

– Tinha pedido antes; e nem foi o que o senhor pensa.

– Ah! Veio exigir o cumprimento da promessa feita.

– Não foi assim, não senhor. Não exigiu cousa alguma.

– E que fazia ela aqui quando eu cheguei?

– Estava me aborrecendo.

– Estava te agradecendo.

– É o mesmo.

– E por que te agradecia? Porque lhe tinhas dado o que veio pedir; o dinheiro para pagar o aluguel da casa.

– Que teimoso! Se estou lhe dizendo que ela não me veio pedir nada.

– Percebo; tu lhe ofereceste espontaneamente, e ela aceitou, porque vindo aqui não tinha outro fim.

– Meu Deus! disse com um gracioso enfado, quando eu estou junto dele não me lembro de outra cousa; e ele esquece-se de mim para ocupar-se com Laura! Quer saber tudo? pois eu lhe digo. Fui eu quem lhe mandou ontem esse dinheiro, uma ninharia; e ela veio aqui aborrecer-me e contar as suas desgraças. Está contente?

– Não: fizeste uma esmola, é generoso; quiseste ocultá-la, é modesto; mas esqueceste que eu devia ter a minha parte nessa boa ação, e não te perdoo.

Remir: redimir, perdoar.

– Assim nunca **remiria** os meus pecados! E o que eu fiz não é tal uma boa ação; quando chegar a minha vez de precisar, ela me dará.

– Ainda!... Deixarás de pedir-me a mim para pedir a ela?

– Disse-o sem sentir! Não precisarei de nada; de nada senão que me venha ver! Isso, fique certo que lhe pedirei todos os dias.

Tomou-me a cabeça, e reclinando-a sobre o ombro, cobriu-me de carícias.

– Hão de lhe ter dito já que sou muito avarenta. Não lhe enganaram, não! Sou; gosto de esconder assim o meu tesouro; de fazer tinir docemente as minhas moedas; de contá-las uma a uma até perder a soma; de embriagar-me como agora na contemplação de meu ouro, e estremecer só com a ideia de perdê-lo!

Cada uma dessas palavras caía através dos beijos **amiudados** que me sufocavam.

Amiudado: frequente, constante.

– Dizem que a avareza é um vício; mas desse não peço perdão a Deus, que me deu o meu tesouro, mesmo para que o escondesse do mundo, e não o expusesse a maus-olhados. Portanto fique sabendo, não há de vir à minha casa todos os dias como pensa!

Quis levantar-me despeitado. Ela obrigou-me a sentar; e saltando ligeira sobre os meus joelhos, desfolhou no meu rosto uma risada fresca e **argentina**.

Diz-se que o som é argentino quando é fino como o timbre da prata.

– Não, senhor; não há de vir todos os dias! Ah! supunha?...

Tinha-me enganado; não será a última vez.

– Já está me querendo mal; pois tenha paciência. Só há de entrar aqui duas vezes por semana: na segunda e na quinta-feira.

Ia interrompê-la recusando; ela tapou-me a boca.

– E há de sair nos mesmos dias; porém em vez de entrar de manhã e sair de tarde, entrará de tarde e sairá de manhã. Não lhe agrada?

– Então à exceção desses dous dias toda a semana é minha? disse não me cabendo de contente.

– Sua, não senhor, minha. Deixo-lhe dous dias para ver seus amigos... E não acha que é muito? Bastava um!

Ficou séria de repente:

– Assim ninguém desconfiará: não saberão onde está. Se lhe perguntarem, não o diga, nem mesmo ao Sá. Ele seria o primeiro que me julgaria capaz de querer fazer com o senhor o que tantas fazem com o homem que preferem. Gostam de mostrá-lo no teatro, na rua, em toda parte!

Lúcia, como vê, parecia adivinhar o que me tinham dito o Cunha e Sá para desmenti-los completamente. Entretanto quando eu devia admirar a nobreza dessa alma; quando

Cúpido: ambicioso, ganancioso.

a mulher que acusavam de **cúpida** e avara, afastava delicadamente uma questão mesquinha, entregando a sua vida a um homem que mal conhecia, cujo caráter e posição ignorava: o meu orgulho me inspirava uma sórdida e estúpida lembrança. Quis responder a tanta dedicação mostrando-me também franco e liberal; mas não refleti que eu era generoso de dinheiro apenas, enquanto que ela o era de sua pessoa e liberdade, talvez de sua afeição.

– Bem, Lúcia, tu queres que eu viva quase em tua casa. Mas é preciso saber o que serei eu dela?

Olhou-me com uma expressão que mostrava ter lido no meu pensamento:

– O mesmo que de mim: dono e senhor.

– Então sabes quais são os meus direitos? E para começar, a carta que escreveste ao Sá, assim como o favor que fizeste à Laura, me competem. O que te pertence é unicamente o pensamento.

– Ele mostrou-lhe?

– Mostrou-me; e a propósito, o que é que lhe deves, que nunca lhe poderás pagar?

– O quê?... Esta sua generosidade! Acha que é pouco?

Conheci que a tinha ofendido; e pedi-lhe um perdão, que já me estava concedido.

XI

Encontram-se nas florestas do Brasil árvores preciosas, que, feridas, vertem em lágrimas o bálsamo que encerram.

Assim era, quando uma palavra involuntária da minha parte ofendia-lhe a suscetibilidade e banhava-lhe o rosto de pranto, que Lúcia me revelava toda a riqueza da sua alma.

As nossas relações duravam havia um mês: apenas algumas ligeiras nuvens, das que **achamalotam** o azul da atmosfera nas tardes calmosas, toldaram por vezes o nosso céu risonho. Mas, como brisa suave, o hálito de Lúcia as **delgaçava** logo, e elas se desvaneciam com um sorriso doce e carinhoso. Era eu que desastradamente acumulava sobre o nosso horizonte esses vapores do meu mau humor; e era ela que os expelia, não perdoando, mas pedindo perdão da ofensa que recebera.

A questão econômica, questão delicada em que se chocavam o seu nobre desinteresse e a minha dignidade, havia sido felizmente resolvida.

O chamalote é um tecido com fios entrelaçados numa posição diferenciada, o que resulta num aspecto visual meio ondulado, conhecido como moiré. Então, achamalotar é deixar parecido com o chamalote, ou seja, com uma aparência de ondulação.

Delgaçar: atenuar, abrandar.

Aqui, "deitar" quer dizer "deixar", "colocar".

Comportar: arcar, suportar.

Tinha visto Lúcia esconder num vaso do toucador a chave da gaveta onde guardava o seu dinheiro. Cometi então a indiscrição de abrir uma vez por semana essa gaveta, e **deitar** a soma que **comportava** com a minha fortuna, e com o luxo em que ela vivia.

A primeira vez que isso sucedeu, foi na manhã seguinte à visita de Sá: todo o dia se passou sem a menor alteração, o que me tranquilizou, porque estava firmemente resolvido a não ceder. Já por diversas vezes Lúcia tinha aberto a gaveta; era natural que houvesse percebido; e contudo não me dissera uma palavra.

À tarde porém pareceu-me ouvir ao longe rugir a tempestade.

– Mandei comprar um camarote!

– Se querias ir ao teatro, por que recusaste o que te ofereci?

– Estou tão rica hoje! Não sei o que hei de fazer do dinheiro; respondeu sorrindo.

Veio nesse sorriso um espinho que entrou-me n'alma: olhei-a fixamente, porém já o seu rosto estava calmo e sereno. A consciência que eu tinha de não ser bastante rico para essa mulher, pungia-me tanto e a cada momento, que à menor palavra dúbia, ao menor gesto equívoco, os meus brios se revoltavam. Farejava uma ironia até no seu próprio desinteresse, que podia ser inspirado pelo conhecimento de minha pobreza.

Azo: chance, brecha.

Mas essa foi a última ocasião em que Lúcia deu **azo** à minha desconfiança: desde então quando eu ia à gaveta do toucador, por mais que o disfarçasse, ela adivinhava imediatamente, não sei por que secreta revelação; e mal eu me sentava ao seu lado dizia-me com uma **mansuetude** e uma gratidão sublime, apertando a minha mão ao seio:

Mansuetude: mansidão, suavidade.

– Obrigada!

Como explicar essa rápida e extraordinária mudança? A mulher que dous dias antes se indignava com um oferecimento delicadamente feito, agora não só recebia o serviço oferecido, mas o agradecia com tanta efusão e reconhecimento! Teria nesse momento grande e urgente necessidade de dinheiro, ou a sua primeira recusa não fora sincera?

Compreenda, se pode; quanto a mim, expliquei as repugnâncias de Lúcia por um resto de pudor; e regozijei-me com as suas novas disposições, que vinham poupar-nos futuros **dissabores**.

Dissabor: incômodo, aborrecimento.

Desde que os meus escrúpulos desapareciam com a posição que tomara, não havia motivo para deixar de beber a longo trago na taça do prazer, que Lúcia me apresentava sorrindo. Passava todo o meu tempo em sua casa e ao seu lado: conversávamos, ríamos, colhíamos as flores que a mocidade **espargia** em nosso caminho; e assim corriam as horas tecidas a fio de ouro e púrpura.

Espargir: espalhar, esparramar.

Às vezes lia para ela ouvir algum romance, ou a Bíblia, que era o seu livro favorito. Lúcia conservava de tempos passados o hábito da leitura e do estudo; raro era o dia em que não se distraía uma hora pelo menos com o primeiro livro que lhe caía nas mãos. Dessas leituras rápidas e sem método provinha a profusão de noções variadas e imperfeitas que ela adquirira e se revelavam na sua conversação. Às segundas e quintas-feiras eu saía; mas apenas tinha comprado algumas galanterias que lhe destinava, já os pés me pruriam para tomar o caminho de sua casa. Depois de três ou quatro horas inutilmente desperdiçadas, voltava ao meu berço de rosas: e por mais cedo que chegasse, sempre chegava tarde para ela, e para mim.

Lúcia tinha a poesia da voluptuosidade.

"Fazer nascer um desejo, nutri-lo, desenvolvê-lo, engrandecê-lo, irritá-lo, afinal satisfazê-lo, diz **Balzac**, é um poema completo." Ela compunha esses poemas divinos com um beijo, um olhar, um sorriso, um gesto. Que de harmonias sublimes não arrancava da **lira** do amor com aquelas quatro notas de sua chave voluptuosa! E a sua beleza admirável, como a sua graça infinita, davam sempre àqueles hinos do prazer uns retoques originais.

Honoré de Balzac foi um importante escritor francês que viveu entre 1799 e 1850. Ele é considerado o fundador do realismo na literatura. Seu livro mais famoso é A mulher de trinta anos, *mas esse trechinho aí o José de Alencar tirou foi de* Fisiologia do casamento, *que trata de ensinar aos homens como evitar qualquer chance de serem traídos pela esposa.*

A lira é prima da harpa e foi muito usada na Antiguidade grega. Tem um formato de U preenchido por cordas.

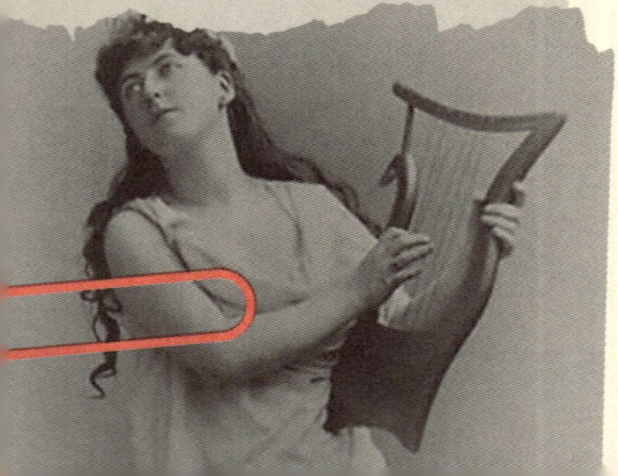

Entretanto devo dizer-lhe: nunca mais admirei essa mimosa criatura no esplendor da sua beleza. A cortesã que se despira friamente aos olhos de um desconhecido, em plena luz do dia ou na brilhante claridade de um salão, não se entregava mais senão coberta de seus ligeiros véus: não havia súplicas, nem **rogos** que os fizesse cair. Às vezes e quantas, ela chegava-se para mim corando, e começava a olhar-me com os seus grandes olhos negros, tão afogados em **languidez**, que eu percebia imediatamente o turbilhão de desejos que se agitava naquele seio ofegante. E quando a tomava nos meus braços, debatia-se esgarçando com prazer as rendas e a **escumilha**, até que, rendida na luta que provocava, caía trêmula e palpitante no meu peito.

Apesar de minhas **instâncias**, Lúcia recusava ir ao teatro, sair a passeio, ou gozar de algum dos poucos divertimentos que lhe oferecia esta **insípida** cidade.

– Não sei quanto tempo durará a minha felicidade; e não quero esperdiçá-la.

– Eu te acompanharei!

– Nem eu devo aceitar esse sacrifício que o comprometeria; nem que o aceitasse, me podia divertir. Não estaríamos sós!

Eis a situação em que nos achávamos quando uma manhã, passando pelo hotel, achei uma carta de convite para uma **partida**. O sr. R..., a quem fui recomendado por amigos de minha província, pedia-me encarecidamente que ao menos no dia dos anos de sua senhora lhe desse o prazer de ver-me em sua casa. Realmente estava em falta para com a família, que apenas visitara com um cartão, e à qual devia muitas finezas. Era ocasião de reparar a minha descortesia.

Mostrei a carta a Lúcia:

– Deve ir, respondeu adivinhando o meu pensamento.

– Entretanto tu renuncias aos teus divertimentos por minha causa. Por que não farei o mesmo?

– Essa partida não é só um divertimento para o senhor, é também um dever.

– Assim queres que vá me divertir sem ti?

– Não o posso acompanhar! disse ela com uma expressão que significava – um abismo nos separa.

Fui à partida, que esteve brilhante. Lá a encontrei, a senhora e a sua filha, anjo que ainda não tinha batido as asas brancas, deixando viúvas a velhice e a infância de quem tan-

Rogo: pedido, súplica.

Languidez, nesse caso, significa volúpia, sensualidade.

Escumilha é um tipo de tecido bem fino e transparente.

Instância: súplica, insistência.

Insípido: monótono, enfadonho.

Partida: festa, recepção.

No século XVIII, surgiu em Paris uma dancinha que virou moda nos bailes dos riquinhos. Chamada de quadrille e dançada por quatro casais, o troço chegou ao Brasil por volta de 1830 e virou a maior estrela das baladas. Também conhecida como contradança, a quadrille é a tataravó das quadrilhas das festas juninas.

to amara neste mundo. Havia moças lindas e elegantes, que tornavam a dança verdadeiro prazer, e não sacrifício penoso, como sucede na maior parte desses saraus, em que o convidado é apenas um instrumento de **quadrilha**, compasso coreográfico, que se transforma na hora da ceia em máquina gastronômica.

A sra. R..., com uma amabilidade que eu decerto não merecia, esmerou-se em tornar agradáveis as horas que passei em sua casa: apresentou-me a quanto havia ali de distinto pela beleza, pela inteligência e pela virtude; e com o tato fino da mulher de salão poupava-me as banalidades cerimoniosas das apresentações, fazendo-me entrar logo na conversação que animava com a sua graça e os seus repentes felizes. A filha, gentil moça de dezessete anos, fez-me a honra de uma contradança e de algumas voltas de valsa.

Confesso que fiquei fazendo melhor ideia das reuniões dançantes da sociedade fluminense.

Pouco tempo antes de retirar-me, vi Sá que me acenava de uma janela da sala de jogo, onde se abrigara para fumar. Logo ao entrar tinha-lhe falado; mas evitara a sua conversa, com receio de que me fizesse perguntas sobre Lúcia; sentia **remorder**-me a consciência; e pouco disposto a aceitar os seus conselhos, previa que eles me haviam de irritar tanto mais, quanto seriam prudentes e razoáveis.

Remorder: torturar, atormentar.

– Desculpa-me: vou dançar.

– A quadrilha ainda se demora, bem sabes; mas queres me escapar!

– Que ideia!

– Queres escapar-te, sim. Cuidas que sou desses homens que perseguem os seus amigos de conselhos que nada lhes custam, porque nem sequer dão o exemplo; e com isso julgam-se quites de todos os deveres da amizade! Estás enganado, Paulo. Disse-te uma vez a minha opinião sobre as tuas relações com Lúcia; fiz o que me cumpria: o resto te pertence.

– Estava tão longe de pensar nisso agora! Como tens achado a partida? Há muito tempo não me divirto tanto!...

Rostos encantadores, *toilettes* de gosto, excelente serviço; nada falta!

– Deixa estes elogios aos folhetinistas em cata de novidades. Compreendes que não te chamei para ouvir o teu juízo sobre a reunião do sr. R...

– E para que me chamaste então?

– Para pedir-te um conselho.

– A mim?

– De que te admiras? Porque não os dou, segue-se que não posso pedi-los? Ao contrário!

– Vejamos que negócio importante é esse que exige o meu voto?

– Julgas que um amigo deva referir ao outro tudo o que se diz a seu respeito? Vamos; a tua opinião franca!

– Julgo que é o maior serviço que possa prestar a amizade.

– Bem. Ouve então o que dizem de ti.

– Para quê? Não dou peso à **maledicência**, Sá.

– Pode ser que tenhas razão; mas ouve primeiro; depois riremos juntos dessas **parvoíces**. Há aqui no Rio de Janeiro certa classe de gente que se ocupa mais com a vida dos outros, do que com a sua própria; e em parte dou-lhes razão; de que viveriam eles sem isso, quando têm a alma oca e vazia? Essa gente já sabe quem tu és, que fortuna tens, quanto ganhas, onde moras e como vives.

– É fácil saber; não tenho que ocultar, **mercê** de Deus.

– Estou convencido que poderias habitar a casa de vidro de **Catão**; mas infelizmente não a habitas; e portanto o mundo não vê justamente o que a tua modéstia esconde por detrás das paredes; isto é, o lado nobre e honroso da tua vida. O resto está patente.

– Mas ainda uma vez, Sá, o que pretendes com isso? Que me importa o que pensam a meu respeito? Não tenho reputação a perder.

– Mas tens reputação a ganhar. És amante de Lúcia, há um mês; e eu te conheço, sei

Maledicência é fofoca maldosa.

Parvoíce: tolice, bobagem.

Mercê: graça, bênção.

Marco Pórcio Catão (234 a.C.–149 a.C.) – ou Catão, o Velho – foi um escritor e político da Roma Antiga. Teve vários títulos até se tornar um censor romano, sendo muito crítico da influência que a cultura romana vinha sofrendo do Oriente. Assim, acabou se tornando exemplo de pessoa conservadora, rígida e inflexível.

que estás te sacrificando. Entretanto, como Lúcia não aparece mais no teatro, não roda no carro o mais rico, e já não esmaga as outras com o seu luxo; como a rua do Ouvidor não lhe envia diariamente o vestido de melhor gosto, a joia mais custosa, e as últimas novidades da moda; sabes o que se pensa e o que se diz? Que estás sacrificando Lúcia... que estás vivendo à sua custa!

O primeiro ímpeto de minha indignação caiu sobre Sá, em quem se encarnava o insulto vago e anônimo: cometia um excesso, se o seu olhar franco e leal não me fizesse entrar em mim.

– Então! Não te ris dessa estúpida calúnia?... Tomas isto ao sério?

Infame: desprezível, detestável.

– Dize-me o nome de um só dos **infames** que se ocupam com a minha vida. O teu dever, já que assim o chamaste, o exige, e eu te peço!

– O nome?... É o mundo, a gente, a sociedade! Vai tomar-lhe satisfações.

Vespa é o nome genérico dado a vários insetos voadores que têm ferrão. Um exemplo é o marimbondo.

– Mas tu ouviste de um homem?

– Que ouviu de outro e outro. Procura numa árvore a folha que gerou e nutriu a **vespa** que te morde?

Sá tinha razão. Senti a impotência do homem contra a calúnia impalpável que esvoaça e zune e ferroa como a vespa, e escapa nas asas à raiva e desespero da vítima. É a **fábula do leão e do mosquito**. Mas o que então se passou em mim, lhe parecerá incrível: a minha cólera precisava desabafar-se contra alguém, e na impossibilidade de dar um corpo àquela injúria **atroz**, levei a ingratidão até encarná-la em Lúcia, causa inocente do que sucedia.

Um leão reclamou com um mosquito porque ele estava fazendo barulho. O bichinho não ficou com medo e picou o grandão. O leão reagiu tentando matá-lo com uma patada, mas o resultado foi que ele se arranhou e o inseto escapou. O mosquito seguiu picando e picando e o leão continuou se arranhando e se arranhando até se dar por vencido. Daí o serzinho de asas saiu feliz e doido pra contar vantagem sobre a sua vitória. Só que nesse voo ele deu de cara com uma teia de aranha e morreu engolido por outra criatura minúscula, apesar de ter acabado de vencer o mais temido de todos os animais.

Ela tinha razão quando temia que as nossas relações fossem conhecidas, e quando fazia tudo por escondê-las, como se escondem à sombra as flores delicadas que o vento fresco ou o sol ardente **crestam** e matam.

Saí bem decidido a pôr um termo à situação vergonhosa e humilhante em que me achava colocado. As palavras de Sá me queimavam os ouvidos. Eu vivendo à custa de Lúcia, eu que esbanjava a minha pequena fortuna por ela! Mas as calúnias tinham razão em um ponto; não exibia a minha amante como um traste de luxo, ou um manequim da moda: roubava o bem que lhes pertencia, visto que não era milionário para ter o direito de possuí-lo exclusivamente.

Atroz: cruel, monstruoso.

Crestar: queimar.

Não me dei ao trabalho de procurar o meu tílburi e parti a pé: precisava agitar-me.

Um vulto de mulher passou rapidamente. Ao voltar a esquina, encontrei-o parado. Chegou-se a mim e ergueu o véu. Reconheci Lúcia.

– Divertiu-se muito? perguntou-me com interesse.

– Oh, muito; nem fazes ideia!

– Eu vi! disse timidamente.

Não compreendi.

– O que viste?

– Vi-o dançar, passear na sala com as moças; acompanhei-o de longe toda a noite. Estava defronte, escondida por detrás das cortinas.

É, em geral, um bar bem simples, mas naquela época a coisa era um pouco confusa. Qualquer lugar que servisse comidas e bebidas podia ser chamado às vezes de café, estalagem, casa de pasto, hotel, hospedaria, restaurante e também botequim. Então, pode ser mesmo que um lugar com quarto pudesse ser considerado um botequim e a escolha desse termo nos indica uma coisa certa: era bem pobrinho, sem chiquezas e frequentado por gente de pouca grana.

Havia em face da casa do sr. R... um miserável **botequim**, onde ela alugara um quarto a fim de passar a noite vendo-me. Era sublime de delicadeza, e contudo esta prova de afeição, que em outra circunstância me comoveria, pareceu-me uma perseguição insuportável, e esteve quase fazendo transbordar a minha cólera concentrada.

– Não gosto nada destas extravagâncias, que dão em resultado comprometer-me.

– Ninguém me conhece ali; e não podem adivinhar o que me trouxe. Agora mesmo se a rua não estivesse deserta, me animaria a falar-lhe? Fique certo de uma cousa: não há nada neste mundo que eu deseje tanto como vê-lo; e me privaria desse prazer se ele pudesse trazer-lhe um dissabor.

– Com que fim vieste a essa casa? Não posso sair uma noite sem que me veja espiado! Hás de confessar que não é muito agradável; se pensas que é este o meio de me prender, estás completamente enganada. Aprecio muito a minha liberdade; deves te lembrar que entre nós não existem compromissos.

– Nem um decerto!

– Portanto não temos que espiar-nos um ao outro.

– Perdoe-me: fiz mal, não o farei nunca mais.

Calei-me.

– Diga-me ao menos que não está agastado!

– Boa noite!

Lúcia precipitou-se para impedir-me o passo; vi um instante brilhar na sombra o seu olhar cintilante, mas logo deixou pender os braços, curvando a cabeça:

– O coração me adivinhava! O Sá!...

Continuei o meu caminho.

Era a primeira noite, depois de um mês, que passava no hotel, e longe de Lúcia: como me achei só no deserto da nova existência que ia começar!

XII

Meio-dia a dar no sino das torres, e eu entrando em casa de Lúcia.

Tinha refletido: essa amizade não podia continuar; se havia de desatar mais tarde, depois de me ter feito curtir mil dissabores, bom era que cessasse desde logo. Não julgue porém que estava resolvido a separar-me por uma vez de Lúcia; minha coragem não chegava a tanto. O que eu desejava era demitir de mim um título que me esmagava na minha pobreza, o título de amante exclusivo da mais elegante e mais bonita cortesã do Rio de Janeiro.

Ela recebeu-me com brandura. Tinha os olhos rubros e **pisados** de lágrimas; apertando minha mão, beijou-a. Que pretendia ela exprimir com esse movimento! Seria a imagem viva da humilde fidelidade do cão, afagando a mão que o acaba de castigar?

"Pisados" é um outro jeito de dizer que os olhos estavam inchados, com olheiras.

Estivemos muito tempo sem trocar palavra.

Enfim Lúcia fez um esforço, sorriu como se nada houvesse

Alijar: aliviar, diminuir.

Acabrunhar: agoniar, atormentar.

passado, e veio sentar-se nos meus joelhos, acariciando-me com a ternura e a graciosa volubilidade que ela tinha quando o júbilo lhe transbordava d'alma. Aproveitei o momento para **alijar** o peso que desde a véspera me **acabrunhava**.

– Sabes que eu não sou rico, Lúcia!

Seu olhar luminoso penetrou-me até os seios d'alma para arrancar o pensamento que inspirava essas palavras; respondeu com um pálido sorriso:

– Pensava ao contrário que era muito rico!

Ela mentia!

– Pois pensaste mal. Sou pobre, e não posso sustentar o luxo de uma mulher como tu.

– Acha pouco o que me tem dado!

– O que dei não vale a pena de ser lembrado. Falemos do que devia dar, e não pude, porque não tinha. Neste mês que se passou, a tua vida não foi tão brilhante como era antes.

– Porque eu não quis, e não porque me faltasse cousa alguma. Nunca me achei tão rica como agora.

– Não tens sido vista nos teatros e passeios; já não tens um carro; não és enfim a mulher do tom que eu ainda conheci!

– Aborreci-me de tudo isto!

– Não te podes aborrecer sem que o mundo repare!

– Como! Não sou senhora de viver a meu modo, desde que com isso não faço mal a ninguém? Se apareço é um escândalo; se fico no meu canto ainda se ocupam comigo.

– Que queres! Há certas vidas que não se pertencem, mas à sociedade onde existem. Tu és uma celebridade pela beleza, como outras o são pelo talento e pela posição. O público, em troca do favor e admiração de que cerca os seus ídolos, pede-lhes conta de todas as suas ações. Quer saber por que agora andas tão retirada; e não acha senão um motivo.

– Qual? perguntou Lúcia com ansiedade.

– Supõe que eu te sacrifico aos meus ciúmes; e não me perdoa, porque não sou bastante rico para ter semelhantes caprichos.

– É isso que o incomoda! Meu Deus! Fique descansado: terei carro, aparecerei como dantes! Hoje mesmo!... Verá! Não sabe quanto me custa esse sacrifício; mas um só beijo me paga com **usura**!

Estalou o lábio entre os meus.

– Precisava dele para me dar coragem; agora sinto-me forte.

– Aonde vais? perguntei retendo-a.

– Vou mandar à cocheira ver o meu carro; escrever à **Gudin** que me faça uma dúzia de vestidos os mais ricos; dizer ao caixeiro do Wallerstein que me traga para escolher o que ele tem de melhor em modas chegadas ultimamente! É verdade, esquecia-me de mandar tomar uma **assinatura** no teatro lírico, e encomendar uma nova parelha de cavalos. A minha **caleça** já está usada; preciso trocá-la por uma **vitória**, e renovar o fardamento dos criados. Até a noite tenho tempo para tudo. O Jacinto se incumbirá de uma parte das **comissões**.

Olhei para Lúcia: ou está louca, ou zomba de mim, foi a minha primeira ideia, ouvindo a sem-cerimônia e o desplante com que ela decretava um orçamento de despesa, que faria estremecer o mais **pródigo financeiro**.

– Espera, Lúcia!

– Ainda não é bastante? Que hei de fazer mais? disse com um gesto de cômico desespero. Ah! Mandarei arranjar de novo a minha casa, e darei um baile! Que diz?

– Farás o que for do teu gosto!

– Do meu!...

– Goza da tua mocidade, é justo: tu podes e deves fazer; mas como só eu venho à tua casa e todo o mundo sabe que não sou milionário, compreendes que, se isto continuasse, suspeitariam, diriam mesmo, se já não disseram, que vivo à tua custa!

Lúcia ficou lívida: tinha compreendido

– Então não posso dar-me a quem for de minha vontade?

Usura é o que é recebido de juros.

Madame Hortense Gudin era uma modista francesa que atendia na rua do Ouvidor e que costurava para clientes como as princesas filhas de d. Pedro II.

Essas assinaturas eram compradas, na época, para assistir a todas ou só a uma parte das peças encenadas no teatro ao longo do ano.

A caleça é um tipo de carruagem originária da Alemanha e da Polônia com lugar para o cocheiro e dois ou quatro passageiros, graças a um banquinho adicional. Tinha portinhola e uma capota que podia subir e descer. Já a vitória é uma carruagem menorzinha, também com capota que abre e fecha, mas só para duas pessoas, mesmo. Pode ser dirigida por um cocheiro ou por um dos passageiros. O nome é uma homenagem à rainha da Inglaterra daquela época.

Comissão: tarefa, missão.

Um esbanjador (pródigo) que mexe com muita grana (financeiro).

– Quem diz isso? Eu é que não te posso aceitar por semelhante preço. A custa da honra... é muito caro, Lúcia!

Carro da praça: táxi, carro de aluguel.

– Ah! esquecia que uma mulher como eu não se pertence; é uma cousa pública, um **carro da praça**, que não pode recusar quem chega. Estes objetos, este luxo, que comprei muito caro também, porque me custaram vergonha e humilhação, nada disto é meu. Se quisesse dá-los, roubaria aos meus amantes presentes e futuros: aquele que os aceitasse seria meu cúmplice. Esqueci que, para ter o direito de vender o meu corpo, perdi a liberdade de dá-lo a quem me aprouver! O mundo é lógico! Aplaudia-me se eu reduzisse à miséria a família de algum libertino; era justo que pateasse se eu tivesse a loucura de arruinar-me, e por um homem pobre! Enquanto abrir a mão para receber o salário, contando os meus beijos pelo número das notas do banco, ou medindo o fogo das minhas carícias pelo peso do ouro; enquanto ostentar a impudência da cortesã e **fizer timbre** da minha infâmia, um homem honesto pode rolar-se nos meus braços sem que a mais leve nódoa manche a sua honra; mas se pedir-lhe que me aceite, se lhe suplicar a esmola de um pouco de afeição, oh! então o meu contato será como a **lepra** para a sua dignidade e a sua reputação. O homem honesto deve repelir-me!

Fazer timbre significa glorificar.

A hanseníase já foi chamada de lepra e é uma doença infecciosa curável, causada pela bactéria Mycobacterium leprae. Se não for tratada, essa enfermidade causa deformações no doente – o que gerou muito medo e preconceito pela história afora –, mas com tratamento adequado o paciente pode viver normalmente, sem a transmitir para outras pessoas, trabalhando, estudando e ficando perto da família e dos amigos.

Impetuosas como a torrente que borbota em **cachões**, ardentes como as bolhas d'água em plena ebulição, essas palavras se precipitavam dos lábios de Lúcia, **em tropel** e quase sem nexo. Às vezes de tão rápidas que vinham lhe tomavam a respiração, e parecia que a estrangulavam. Até que por fim um soluço cortou-lhe a voz; o seio ofegou como se o coração lhe quisesse saltar com o último grito de indignação de sua alma ofendida.

Cachão: cachoeira, queda d'água.

"Em tropel", aqui, é "de forma bagunçada".

Que responder àquela lógica inflexível da paixão fazendo justiça aos **prejuízos sociais**? Nada. Calei-me, irritado contra os estímulos nobres que recebemos na infância e não nos permitem praticar cientemente um ato de que devamos corar.

Ter prejuízo social, nesse caso, é ficar mal falado, ser discriminado.

– Tu me fazes arrepender da minha franqueza, Lúcia! disse passado um momento. Preferias que deixasse de ver-te?

– Não! Antes assim! O senhor quer!... Será feita a sua vontade! Terei amantes!

Saiu arrebatadamente e fechou-se no toucador.

Voltei, refletindo se o que tinha feito era realmente uma ação digna, ou uma refinada **cobardia**; servilismo à inveja e **malevolência** social, que se decora tantas vezes com o pomposo nome de opinião pública.

Às três horas da tarde passando pela rua do Ouvidor vi Lúcia na casa do Desmarais, cercada por uma grande roda, na qual eu distingui logo o sr. Couto e o Cunha.

Lúcia estava **rutilante** de beleza; a sua formosura tinha nesse momento uma **ardentia** fosforescente que eu atribuí à irritação nervosa da manhã. O orgulho e o desprezo vertiam-lhe de todos os poros, nos olhos, nos lábios, nas faces e no porte desenvolto. Ela flutuava numa atmosfera maléfica para o coração, que, entrando naquela zona abrasada, sentia-se asfixiar. A roda elegante festejava o astro que surgia, depois do seu eclipse passageiro, mais que nunca brilhante.

Atirando a réplica viva e incisiva a todos os adoradores que a cortejavam; escarnecendo da fineza, e fazendo ressaltar a zombaria contra o que a lançara; Lúcia, com a mesma liberdade que teria em sua casa, continuava a escolher na grande exposição de objetos de fantasia que cobria os balcões.

Que sentimento me obrigava a parar na loja para seguir com os olhos essa mulher, à posse exclusiva da qual eu acabava de renunciar? Que motivo estranho, vendo-a agora cercada de apaixonados, me fazia sofrer, a mim que não havia duas horas tinha assistido friamente à explosão violenta da sua cólera?

Lúcia me viu, porém não me deu atenção. Dirigiu-se ao Couto; trocando com ele algumas palavras em segredo, voltou para o **caixeiro**, e declarou que comprava os objetos **apartados**, cujo preço lhe seria enviado no dia seguinte.

Vendo o gesto significativo do Couto ao dono da loja, como eu, todas as pessoas presentes ficaram persuadidas

Cobardia: covardia, fraqueza.

Malevolência: perversidade, hostilidade.

Rutilante: brilhante, resplandecente.

Às vezes no mar acontece de haver uma alta concentração de organismos microscópicos que emitem uma luzinha, como se fossem vaga-lumes aquáticos. Essas criaturinhas mínimas são chamadas de fitoplânctons ou fosforescência-do-mar e, quando se reúnem, dão um brilho diferente às águas. Isso é a ardentia.

Caixeiro: atendente, balconista.

Apartado: separado, escolhido.

que da bolsa do velho saía o dinheiro que ela acabava de atirar a mãos cheias de uma a outra ponta da rua do Ouvidor.

Suplício: tortura, martírio.

Felizmente para mim, que já não me podia conter, o **suplício** terminou. Ela retirava-se. Passando junto de mim cortejou-me, e disse em voz baixa:

– Está satisfeito?

Mortalha é o pano que envolve um cadáver que será enterrado.

O sorriso em que ela envolveu estas palavras caiu, se me posso assim exprimir, como a dobra de uma **mortalha**; tal foi a súbita lividez que lhe cobriu o rosto e o desânimo que abateu o seu corpo.

O Couto apressou-se a oferecer-lhe a mão para ajudá-la a entrar no carro.

– Até logo! disse-lhe ela bem alto.

Podia-me restar a menor dúvida? Lúcia era amante do Couto.

Lubricitante: sensual, provocante.

Enquanto acompanhava com os olhos a cortesã desprezível que se balançava **lubricitante** no seu novo carro, insultando com o luxo desmedido as senhoras honestas que passavam a pé, sabe de que me lembrei? Não foi da ceia em casa de Sá, nem do mês que acabava de passar; foi unicamente da suave aparição da rua das Mangueiras no dia da minha chegada. São extravagâncias da memória. Quem conhece o fio misterioso que leva o pensamento através do labirinto do passado a uma lembrança remota?

– Rei morto, rei posto! disse-me o Cunha, que chegara à porta para ver Lúcia entrar no carro.

– Não sei a que se refere!

– Referia-me, sr. Silva, continuou apontando para o carro que ainda aparecia, àquele trono de sedas e veludos que vagou esta manhã, e que uma hora depois já estava preenchido.

– Enganou-se, sr. Cunha, respondi no mesmo tom de gracejo, fui apenas **regente** durante uma curta **vacância**.

– Pois não é isso o que se dizia.

– O que se dizia então? repliquei tornando-me sério, porque as palavras de Sá me acudiram ao pensamento.

– Dizia-se que o senhor mudara o sistema de governo daquele estado, e sucedera na qualidade de **autocrata** aos reis constitucionais, como eu tive a honra de sê-lo em certo tempo.

– O que entende por autocrata, sr. Cunha?

– Perdão: vejo que toma ao sério um gracejo. Mudemos de assunto: não desejo ofendê-lo.

O Couto, que nos ouvia de princípio, interveio na conversa.

– A significação da palavra é bem clara, sr. Silva, disse com o seu fátuo sorriso.

– Se o sr. Couto quisesse fazer-me o favor de explicá-la! Tenho a inteligência embotada.

O velho calou-se com visível embaraço. Continuei pesando as minhas palavras:

– O senhor quer talvez lembrar-me que os autocratas têm o costume de tiranizar os povos e vexá-los de imposições: razão por que os povos, quando os expulsam, se tornam excessivamente exigentes para com os **truões** que lhes sucedem. Não é isto? Diga-me por **obséquio**: não faz ideia da ansiedade com que procuro desde ontem um homem que tenha a coragem de repetir-mo em face!

– Ora, o senhor está brincando!

E o sr. Couto fez-me uma profunda cortesia, e saiu empertigando-se mais que de costume.

Voltei-me para o Cunha.

– Bem dada lição! disse estendendo-me a mão.

Decididamente não havia meio de brigar; o homem que eu procurava fugia-me como uma sombra.

Regente é a pessoa que, quando um rei ou rainha não pode assumir o posto por ainda ser menor de idade, fica na chefia da nação até a maioridade do monarca.

Vacância é o período em que um cargo fica desocupado.

Autocrata é quem assume o governo de uma empresa ou país e exerce o cargo com poder absoluto.

Truão: palhaço, bufão.

Obséquio: favor, gentileza.

XIII

À noite, quando dei por mim, subia as escadas de Lúcia. Se alguém me perguntasse o que ia fazer, ficaria bem embaraçado para responder, e bem admirado da pergunta.

Tinha passado o resto do dia a atordoar-me, a fazer esforços inúteis para expelir da ideia uma lembrança que me afligia; à noite não pude resistir: senti uma necessidade invencível de ver aquela mulher, que eu já aborrecia.

Tinha-a eu amado para ter o direito de odiá-la.

Lúcia estava no toucador, acabando de vestir-se. A minha entrada lhe causou alguma surpresa. O acolhimento que me fez foi triste, mas doce e afável.

– Cometi uma indiscrição talvez, usando da liberdade que me deu outrora.

– Quem fez do presente um passado já tão remoto? Não fui eu! Mas fique certo que esta casa, hoje, como ontem, como amanhã, não tem para o senhor nem portas, nem paredes.

– Renuncio de bom grado a tanta honra; prefiro esperar no topo da escada, a correr o risco de uma surpresa ridícula para ambos.

Lúcia fitou-me por muito tempo, e chegou-se ao espelho para dar os últimos toques ao seu trajo, que se compunha de um vestido escarlate com largos folhos de renda preta, bastante decotado para deixar ver as suas belas espáduas; de um filó alvo e transparente que flutuava-lhe pelo seio cingindo o colo; e de uma profusão de brilhantes magníficos capaz de tentar Eva, se ela tivesse resistido ao fruto proibido. Uma grinalda de espigas de trigo cingia-lhe a fronte e caía sobre os ombros com a **basta** madeixa de cabelos, misturando os louros cachos aos negros anéis que brincavam.

Basto: denso, espesso.

Estava excessivamente pálida, e a cor escarlate do vestido ainda lhe aumentava o desmaio: os olhos luziam com ardor febril que incomodava; e os lábios se contraíam num movimento que não era riso nem ânsia, mas uma e outra cousa. Entretanto nunca essa mulher me pareceu tão bela; a ideia de que ela se enfeitava para outro homem irritava-me a ponto que estive para precipitar-me, e espedaçar, arrancando-lhe do corpo, as galas que a cobriam.

– Ainda não a felicitei pelo seu novo amante!

– Quem não tem o direito de escolher, aceita o primeiro que lhe chega: e o mais ridículo é sempre o melhor.

– É naturalmente para ele que está se pondo tão bonita!

– Acha que estou bonita? perguntou com o sorriso que deve ter o condenado para o sol nascente que vem alumiar o seu suplício.

– Nunca a vi tão fascinadora, nem vestida com tanto primor. Ele merece.

– Dizem que outrora ornavam-se as vítimas para o sacrifício.

– Isso foi outrora; mas hoje que os sacrifícios são incruentos, a vítima orna-se para o sacrificador: também em vez do sangue daquela, é o ouro deste que corre nas aras consagradas ao prazer.

Lúcia quis responder-me, mas reprimiu-se a tempo de sorver a palavra que já lhe espontava no lábio. Foi uma cousa que notei desde que começaram as nossas relações: esse espírito **mordaz** e cintilante, esse verbo rápido que não deixava sem resposta nem um **motejo**, se ofuscava e emudecia diante de mim.

Mordaz: severo, sarcástico.

Motejo é aquela provocação em tom de piada.

– Pode-se saber onde vai, se não é segredo? Dirige-se talvez ao templo do sacrifício.

– Vou ao **Paraíso**.

Tão alheio andava eu deste mundo fluminense! Nem sabia que naquela noite havia um baile público.

– Ah! vai ao baile! Então não se demore; são horas.

No começo de 1846, foi inaugurado o primeiro parque de diversões da cidade, o Tivoli. O pessoal ia lá passear, jogar damas, xadrez, praticar tiro ao alvo e coisas assim. Havia também um espaço para bailes. A novidade fez sucesso, mas a sociedade por trás do empreendimento ruiu e dois anos depois o negócio passou a funcionar como Pavilhão do Paraíso e a ser mais focado nas festas com dança.

– Estou à espera de alguém.

– Diga do sr. Couto: já não é segredo. E agora me lembro, a minha presença aqui pode comprometê-la; eu me retiro.

– O senhor está na minha casa: não a chamo sua para não ofendê-lo.

– Ou para que não me venham tentações de ficar.

– Quem lhe impede?

– Deveras!... Seria agradável para a senhora deixar um paciente em casa contando as horas, enquanto vai ao baile exibir a sua nova conquista, e **arrular** pombinhos nalgum hotel de Botafogo. Na volta esse paciente pode servir para apagar o fogo que as brumas do inverno apenas sopraram. Infelizmente, por mais inocente que seja esse pequeno manejo, não estou disposto a prestar-me a ele.

O gato mia e a pomba arrula. E dizemos que namorados são pombinhos, né? Então, "arrular" virou uma coisa de namorar.

– Que gosto tem em me estar assim torturando! O senhor sabe que por mais cruel que seja a sua zombaria, não sei retorquir-lhe! Não quer que eu saia de casa? Basta-lhe dizer uma palavra!

– E a senhora ficaria?

– Duvida!

Com um movimento rápido, Lúcia correu a mão pelos cabelos, e o seu penteado desfez-se como por milagre, deixando cair a grinalda aos pés, e rolar as tranças pelas espáduas.

Ouviu-se rumor de passos na sala.

– Não faça isto!... Aí está o Couto: ele vai ficar furioso e com razão! Pode dar algum escândalo! disse escarnecendo.

A um sinal de sua senhora, a escrava de Lúcia abriu a porta ao Couto, que entrou sem me ver.

– Ainda neste estado!... Se eu adivinhasse tinha trazido o cabeleireiro para penteá-la.

– Não se precisa aqui desta gente! murmurou Joaquina.

– Pois faz a tua obrigação, penteia tua senhora; e se andares depressa terás uma boa **molhadura**.

– Não vou ao Paraíso! disse Lúcia friamente.

– Como, minha amiga! Que capricho é este! O baile deve estar brilhante. O que há de mais **chibante** na corte lá se achará esta noite. Faze ideia! Venderam-se todos os bilhetes! Tão cedo não teremos outro baile como este! Bem sabes que são raros no Rio de Janeiro.

– Prefiro ficar em minha casa. O sr. Silva toma chá comigo; estaremos sós e conversaremos mais à vontade!

Foi então que o sr. Couto me viu sentado no sofá; desta vez não me cumprimentou. Era demais.

– Então é esse o motivo por que não vai ao baile! E foi para isso que me mandou chamar e me fez acompanhá-la esta manhã pela rua do Ouvidor? O meio é engenhoso! Finge-se um arrufo, e põe-se o amor em leilão a quem mais der.

– Uma infâmia de mais ou de menos para quem já perdeu a conta, vale a pena de que se ocupem com ela? Não vou ao teatro, repito; e peço-lhe que me deixe tranquila.

O Couto fez um gesto soberbo, e uma saída teatral.

Tinha assistido mudo e com aparente indiferença a esse incidente; mas que rápida sucessão de sentimentos houve no meu coração! À vaidade de ver Lúcia ceder pronta e espontaneamente a um desejo meu apenas suspeitado, sucedeu o prazer da humilhação do Couto em minha presença. Depois, quando o velho libertino revelou o procedimento vil da cortesã, e esta com toda a desvergonhez apanhou a lama em que **patinhava** para lançá-la ao seu parceiro, senti, com o asco e

Molhadura é uma gorjeta ou gratificação.

Chibante: chique, elegante.

Patinhar: escorregar.

Ente: indivíduo, pessoa.

Jungir: unir, juntar.

Canga é uma peça de madeira que vai em cima do pescoço dos jumentos, cavalos e bois, para trabalharem em dupla.

Alguém que leva uma vida desregrada (crápula) e fica mal visto (ignóbil).

Aguilhão: ponta afiada.

Império: potência, autoridade.

Desfaçamento: descaramento, atrevimento.

o vexame de achar-me ligado a tanta miséria, um consolo imenso das torturas que sofrera naquele dia. Esses dous **entes** são dignos um do outro, murmurou minha alma ao coração ainda magoado!

Mas restava uma última emoção. Reatar as relações quebradas dessas duas criaturas; entregá-las uma à outra como presas destinadas a saciar a cupidez e a lascívia uma da outra; **jungir** o vício ardente e moço, ao vício enregelado e decrépito; fazê-los arrastar na mesma **canga** a **crápula ignóbil**, ferroando-os com o **aguilhão** do meu sarcasmo: seria a minha vingança.

Vingança de quê? Tinha-me essa moça ofendido para assanhar em mim o ódio, e os instintos perversos do coração humano? Não era eu a causa única de tudo o que se passava?

A razão dormia naquele momento. Ordenei à escrava que chamasse o Couto em nome da senhora; e o fiz com tanto **império** que ela obedeceu-me apesar do gesto de Lúcia.

Então voltei-me para esta:

– Agradeço-lhe muito a fineza: mas é um sacrifício que não tem o direito de fazer, e que eu não terei decerto o **desfaçamento** de aceitar. Esta noite a senhora não se pertence: é um objeto, um bem do homem que a vestiu, que a enfeitou e cobriu de joias, para mostrar ao público a sua riqueza e generosidade.

– A mim?... exclamou Lúcia indignada; e continuou com sorriso amargo: Pois sim, roubei-o! E ele deve agradecer-me; porque assim leva a honra intata!

– A senhora vai ao baile!

– Morta podem levar-me; viva não.

– Então expulsa-me da sua casa. Sabe o que esse velho palhaço, que é hoje seu amante, pensava esta manhã, sem ter a coragem de o dizer? Que eu a havia desfrutado corpo e bens durante as nossas relações; e por isso era tempo da senhora indenizar-se do prejuízo! Não basta! É preciso que ele pense ainda que este pretendido arrufo foi um expediente engenhoso da minha parte para encher o cofre que esgotei!

Lúcia não me respondeu uma palavra; com a mesma vivacidade que pusera em desfazer o seu penteado, arranjou-o de novo sem alinho; e voltou-se para mim de olhos baixos e submissa, como uma escrava que esperasse a última ordem do senhor.

Que miserável animalidade havia em mim naquela noite! Quando essa nobre mulher atingia o sublime do heroísmo e da abnegação, eu descia até a estupidez e a brutalidade!

– Pois realmente capacitou-se de que eu podia ter ciúmes de um Couto! Que extravagância! Nem dele, nem de qualquer outro! Era preciso que tivesse um ciúme bem elástico para poder abarcar todos os que a senhora distinguiu e há de distinguir com os seus favores! Fique sossegada: virei alguma vez colher a minha flor; mas em ocasião que não perturbe os seus **bucólicos** amores. Então me contará os ridículos de seu velho amante, e afianço-lhe que passaremos uma hora divertida, rindo-nos à custa do próximo: salvo, bem entendido, a cada um de nós o direito de rir-se interiormente do outro.

Bucólico: puro, inocente.

– Duas vezes no mesmo dia! É muito, meu Deus! exclamou Lúcia tragando um soluço.

O Couto entrava morno e carrancudo.

– A senhora arrependeu-se; e está pronta a acompanhá-lo ao baile.

– E ao senhor é que devo agradecer esta resolução repentina?

– O senhor!... O senhor só tem que me agradecer uma cousa; é a minha paciência. Quanto ao baile, a senhora é livre, e eu não tive parte nem na sua recusa de há pouco, nem na sua aceitação de agora.

– Se assim não fosse, rejeitaria o favor.

– Pois saiba que vou a esse baile, disse Lúcia, unicamente porque o sr. Silva me ordenou; e devo obedecer-lhe.

O sr. Couto procurou o lenço e não acertou com o bolso da casaca.

– Não se esqueça de deitar um pouco de **carmim**! disse eu à Lúcia despedindo-me. Está horrivelmente pálida.

O carmim foi muito usado na época, tanto nos lábios quanto nas bochechas, como maquiagem. É um corante natural feito a partir da cochonilha (Dactylopius coccus), um inseto mexicano que produz um pó vermelhão ao ser esmagado.

As mucamas eram as escravas negras que ficavam encarregadas do trabalho doméstico.

Áspide é uma espécie de víbora: serpente venenosa da família *viperidae*.

Ela sorriu.

– Não faz mal! Julgarão que passei a noite de ontem nalguma orgia! Faz seu efeito!

Nesse momento a **mucama** lhe apresentava as luvas e o leque, o mesmo do nosso primeiro encontro, e que ela costumava trazer sempre. Lúcia recuou como se uma **áspide** a quisesse morder.

– Esse não!

Cuida que a minha raiva brutal ficou satisfeita?

Entrei no baile aspirando no ar um faro de sangue. É verdade; tinha frenesi de matar essa mulher; porém matá-la devorando-lhe as carnes, sufocando-a nos meus braços, gozando-a uma última vez, deixando-a já cadáver e mutilada para que depois de mim ninguém mais a possuísse.

Ela lá estava sempre bela, sempre radiante. Júbilo satânico dava a essa estranha criatura ares fantásticos e sobrenaturais entre as roupas de negro e escarlate.

Junto dela descobri a Nina, que, apesar da sua graça, desaparecia completamente naquela zona que Lúcia deslumbrava com a sua reverberação. Mas eu que via com os olhos do despeito, percebi-a imediatamente.

Nina sabia das nossas relações, e ignorava ainda o desenlace muito recente. As minhas pretensões deviam pois ter para ela o encanto que acha toda a mulher em afligir outra que lhe é superior pela graça e formosura: assim explicam-se os avanços de amabilidade que me fez, à custa de algum crédulo e paciente admirador: deu-me uma entrevista em sua casa depois do baile.

Mas esse favor, discretamente concedido, não me servia; era preciso que mais alguém o soubesse.

– Então, uma hora depois do baile? disse eu alçando a voz.

– Sim: mas segredo! respondeu Nina levando o dedo à boca.

– Estará só? perguntei para mais fazer ainda ouvir a minha fala.

Nina fez um momo gracioso; os ombros de Lúcia agitaram-se com um tremor nervoso.

Traduzindo: que anda sobre dois pés (bípede) e não tem penas (implume).

Não conheço mais estúpido animal do que seja o **bípede implume** e social, que chamam homem civilizado.

Ditoso: feliz, afortunado.

Na véspera era feliz. Estava numa brilhante reunião, onde se achavam talvez as mais bonitas senhoras do Rio de Janeiro. Observando-as com o culto do belo e a religião da mulher, que é inata em mim, conhecia que em graça e atrativos não tinha que invejar ao mortal **ditoso** a quem elas abandonassem um dia os primores de sua mocidade. Mais linda que todas, uma mulher me esperava, que em troca da pureza que não tinha, me guardava seus imensos tesouros de voluptuosidade: ela me esperava cheia de mim; e para não deixar-me um instante me acompanhara de longe com os olhos através do mundo que fechava-lhe as suas portas.

Histrião: bobo, ridículo.

Fralda é uma saia branca que se usava debaixo do vestido.

Bastou uma palavra, um sentimento de convenção, para que o meu orgulho destruísse a felicidade que as suas mãos delicadas tinham tecido com tanta paciência e esmero. E como remate da minha demência, depois de haver torturado aquela pobre mulher, depois de a ter insultado cobardemente, acabava de entregá-la a um velho **histrião**, para agarrar-me à **fralda** da primeira saia que passava pelo meu caminho. E eu considerava isto a minha vingança!

Como tinha razão o poeta que chamou o homem um menino corpulento – ***puer robustus***!

É latim e literalmente quer dizer "moço forte", mas na verdade fala de um cara revoltado que sai aprontando – a ideia surge meio vaga em um poema do romano Horácio, e dali entra para a história da filosofia política com o inglês Thomas Hobbes e se espalha por outros pensadores.

XIV

Foi uma noite horrível.

O baile terminara às duas horas. Lúcia assistira até o fim, o que ainda mais me irritou, porque eu desejava triunfar com a sua saída precipitada, depois do desprezo que lhe mostrara. "Se ela se retirasse, pensava eu, correria à sua casa para pedir-lhe perdão." Mas não acredite que o fizesse: procederia com o mesmo orgulho estúpido que me dominou no momento em que ela despediu o Couto e renunciou ao baile para ficar comigo.

Na retirada o velho esperava-a na porta, e partiram ambos de carro.

– Está acabado! disse comigo. Não pensemos mais nisto.

Porém não era cousa fácil apagar no meu espírito a profunda impressão que aí deixara gravada a imagem de Lúcia. Tomei o braço do Rochinha, que encontrei ao sair, e fomos cear no primeiro hotel que encontramos aberto. Em qualquer outra ocasião esse moço me enjoaria com a sua

Decrepitude: velhice, senilidade.

afetada **decrepitude** moral; nesse momento era um homem que podia falar-me de Lúcia e dizer mal dela.

Com efeito o Rochinha contou-me diversas anedotas escandalosas da vida de Lúcia; e concluiu dizendo:

– Não acredito ainda que esse Diógenes do Couto seja seu amante.

– Ouvi-a confessar esta noite mesmo. Saíram juntos do baile.

– Pois admira-me; porque há muito tempo que ele a persegue debalde. Lúcia tinha-lhe tal birra, que no dia em que o via, ficava de um humor insuportável.

– São cousas que passam. O velho abriu os cordões da bolsa; e o motivo da antipatia desapareceu.

Gamenho é quem se arruma exageradamente, cheio de pompa.

– Pode ser que ela esteja agora em crise financeira; mas asseguro-lhe que a questão não era de dinheiro, não. O Couto, como todos os velhos **gamenhos** que compram o amor, à hora certa, é mais que generoso, é pródigo: vi-o oferecer a Lúcia somas fabulosas que ela rejeitava sempre e com desprezo.

Essas palavras me consolaram. Uma débil esperança espontou-me no coração; corri à casa de Lúcia.

A porta ainda estava aberta; Lúcia não tinha voltado; eram perto de três horas e meia, naturalmente estava em casa do Couto.

Pus-me a passear na calçada: ao surdo rodar de um carro que passava longe, aplicava o ouvido para conhecer se ele se aproximava; o rumor se desvanecia e com ele minha esperança, para ressurgir de novo, e de novo extinguir-se. Nestas alternativas sem repouso vi os primeiros clarões do dia.

Dirigi-me tristemente para o hotel e dormi, porque a fadiga me vencia.

Lancinante: pungente, torturante.

Eis qual tinha sido a minha noite; o acordar não foi menos cruel. Sucede com as feridas d'alma, o mesmo que às feridas do corpo: é quando elas esfriam, que a dor se torna aguda e **lancinante**. Lembrei-me do que sucedera; repassei uma a uma as circunstâncias do dia anterior; reconheci a minha grosseira imbecilidade; e a consciência de que eu tinha sido o mais culpado, devia dizer o único, exacerbava o meu sofrimento.

E essa pobre moça, a Nina, inocente da minha loucura, que talvez por meu respeito perdera o seu amante? Era a primeira vez, desde que a deixara, que me recordava dela. Devia-lhe uma desculpa; e como não tinha outra cousa que fazer, aproveitei esse pretexto para sair.

Pensava, chegando à casa de Nina, encontrar um rosto fechado, um momo despeitado, e um bom-dia atirado da ponta de um beiço desdenhoso. Qual não foi portanto a minha surpresa vendo-a precipitar-se para mim, abraçar-me com ímpeto, e atirar-me de repente pela testa e pelo rosto uma chuva de carícias que me **azoou**.

Azoar: incomodar, perturbar.

Afinal consegui desprender-me dos braços que me enlaçavam; ia pedir uma explicação, quando Nina atalhou-me:

– Estou muito zangada com o senhor! disse com um ar que exprimia inteiramente o contrário. Fazer-me esperar até não sei que horas!

– Confesso que cometi uma falta; mas há de me desculpar.

– Ah! Cuida que a pulseira que me mandou paga o prazer de sua companhia! Enganou-se!...

– A pulseira! balbuciei sem compreender.

– É linda que faz gosto. Não há segunda: a Lúcia não tem melhor. Também o senhor nem sabe como lhe agradeço.

E um novo granizo de beijos ia cair sobre mim; mas desta vez desviei-me a tempo.

– Está gracejando! Que quer dizer isto?

– Ora, faça-se desentendido! Já não se lembra do que me mandou pelo seu criado esta manhã?

Julguei que a moça tinha perdido a cabeça; ou que eu sofria uma **mistificação**.

Mistificação: engodo, enganação.

– Ah! percebo! exclamou Nina, que de seu lado também me considerava com surpresa. Queria achar-me com ela Tem razão.

Saiu e logo voltou trazendo um cartão meu, e uma caixa de joia que eu abri precipitadamente. Tinha reconhecido a pulseira de brilhantes que dera à Lúcia no dia seguinte à ceia do Sá.

Entrei no primeiro tílburi que passou, e atravessei as ruas a galope.

Lúcia estava atirada a um sofá de bruços nas almofadas que escondiam-lhe o rosto. Tinha o mesmo vestido de seda escarlate que levara ao teatro, porém amarrotado, com as rendas despedaçadas e os colchetes arrancados da **ourela**, onde se viam os traços evidentes das unhas. Os cabelos em desordem flutuavam sobre as espáduas nuas; a grinalda despedaçada, o leque e as luvas jaziam por terra; numa cadeira ao lado estavam amontoadas todas as suas joias.

Ourela: beira, borda.

Vendo-me, ergueu-se de um salto e quis precipitar-se para mim; porém decerto o meu olhar cru a conteve; porque deixou-se cair sentada sobre o sofá em que estava. Sentei-me também, e incomodado: viera com uma cólera violenta; mas começava a sentir-me mau e pequeno diante dessa mulher sublime nas suas paixões. O seu rosto **pisado**, os olhos injetados de sangue e **febricitantes** ainda aumentaram o meu vexame.

Pisado: humilhado, espezinhado.

Febricitante: febril, exaltado.

Peguei maquinalmente nas joias que estavam sobre a cadeira.

– Estas joias são de muito valor!... Mas falta aqui uma, a mais insignificante! Não era digna por certo de brilhar no seu braço; atirou-a de esmola a alguma mendiga, e deu uma lição ao bobo que teve a ousadia de oferecer-lhe semelhante miséria. Aquilo quando muito é o preço de uma noite de qualquer mulher à-toa, da Nina por exemplo.

Ela tinha-se erguido trêmula; e foi-se a pouco e pouco retraindo até cair de joelhos.

– Foi uma loucura, e eu mereço toda a sua cólera. Mas para que me fazer penar assim, meu Deus! Que prazer lhe podia dar essa mulher?... Não me tinha a mim? Uma escrava humilde, pronta para lhe obedecer, e que em paga de tanta submissão só lhe pedia que a não expulsasse!

– E a senhora não chamou um velho desprezível para sua casa?

– É tão diferente! Eu! Não fui atirada contra minha vontade à lama de que desejava erguer-me? Recuando ainda, não fui à noite repelida cruelmente e lançada nos braços desse homem,

que no meu desespero eu procurei, por ser mesmo o ente mais vil e ignóbil que eu conheço: pois era preciso que o suplício fosse bastante violento para matar-me logo, e sem lenta agonia! No baile, apesar de tudo, não esperei uma palavra, um sinal para correr a seus pés, e suplicar-lhe como agora o meu perdão!

Lúcia pousou a cabeça sobre os meus joelhos, sufocada pelo pranto; e eu não a ergui logo e não a apertei ao meu seio, porque achei-me tão infame a par dessa mulher, que sentia um vexame insuperável. Por fim levantei-a nos meus braços, e confesso que foi corando de vergonha.

– Quem deve pedir perdão desta como de todas as vezes, Lúcia, sou eu: mas não o mereço, não.

– Basta! Já me falou como outrora! Disse o meu nome! Que mais quero eu saber? Esqueci tudo.

– Deixa-me falar; não me interrompas. Sou um miserável, indigno de ti. Eu só com o meu orgulho estúpido fui causa do que temos sofrido; mas é justo que a punição recaia sobre mim unicamente. Se a ideia de que tive um instante aquela mulher te aflige, expele a lembrança desse mau sonho; pisei em sua casa pela primeira vez hoje, há meia hora. Vi a pulseira, compreendi tudo, e corri até aqui!

Que êxtase de bem-aventurança foi o de Lúcia quando ouviu a confissão que eu lhe fazia! A mulher quebrada de fadiga, prostrada por uma noite de vigília e de violentas emoções, transfigurou-se de repente: o anjo de suave beleza surgiu na sua **auréola** luminosa, ao bafejo de uma felicidade celeste.

Auréola é aquele círculo de luz que desenham em cima da cabeça de um anjo.

– Passei esta noite, continuei, cheio de teu pensamento e de tua imagem. Às duas horas estive aqui, não te disseram? Esperei-te passeando na calçada até quase ao amanhecer; e as torturas que eu sofri é impossível dizer. Mas eu a procurei; não me posso queixar de ti, não tenho que pedir-te contas! Fui eu que te arrastei à força, louco que eu estava.

– Não fale mais nisso! Acabou; foi um pesadelo que tivemos. Esqueça tudo! Eis o que vai apagar para sempre essa lembrança importuna.

Dizendo isto Lúcia estendeu-me o lábio risonho: eu recuei como se visse por entre o carmim brilhar o dente de uma víbora. Ela empalideceu.

– Nunca mais, eu juro, Lúcia, tu me ouvirás as palavras que ontem te disse; nunca mais também me verás rejeitar por causa das calúnias de alguns miseráveis as provas de tua afeição. Mas esse beijo, agora!... Não! não o posso aceitar: e não me perguntes a razão!

Lúcia cobriu-me com um olhar límpido, raio de luz de sua alma: o seu sorriso era sublime de candura.

– Aquele homem não tocou no meu corpo, porque até a mão que roçou na sua estava calçada com esta luva, que eu já despedacei, disse estendendo a ponta do pé. Mas tem razão, bastava o seu hálito para manchar. Olhe para mim. Quando eu despir esta roupa, despirei trapos que para nada servem!

Foi então que reparei na desordem de seu trajo.

– Não me enganas, Lúcia?

– Que juramento quer que lhe dê? O mais sagrado!... Se não fosse assim, teria ânimo de falar-lhe, de vê-lo ainda! Também eu, não sabe? Estive na rua até quase ao amanhecer, olhando a casa onde supunha que o senhor apertava nos braços outra mulher! Não se morre de dor, porque eu não morri esta noite!

– Não me devias dizer semelhante cousa para me punir!

Fui eu que procurei então o lábio que ela há pouco me oferecera.

– Espere!...

Lúcia demorou-se algum tempo. Quando apareceu, saía do banho fresca e viçosa. Trazia os cabelos ainda úmidos; e a pele **rorejada** de gotas d'água. Rica e **inexaurível** era a organização dessa moça, que depois de tão violento abalo parecia criar nova seiva e florescer com o primeiro raio de felicidade!

Rorejado: gotejado, orvalhado.

Inexaurível: infindável, inesgotável.

Fora o acaso, ou uma doce inspiração, que arranjara o trajo puro e simples que ela trazia? Tudo era branco e resplandecente como a sua fronte serena: por vestes cassas e rendas; por joias somente pérolas. Nem uma fita, nem um aro dourado, manchava essa nítida e cândida imagem. Creio antes na inspiração. Lúcia tinha no coração o **gérmen** da poesia ingênua e delicada das naturezas primitivas, que se revela por um emblema e por uma alegoria. Ela me dizia no

Gérmen: semente, embrião.

seu trajo, o que nunca se animaria a dizer-me em palavras, que estava tão pura como eu a tinha deixado, do contato de outro homem.

Lúcia expandia-se com tal efusão de contentamento, que se há felicidade neste mundo devia ser a que ela sentia. Entretanto, passada essa primeira e **fugace** irradiação, achei-a fria, quase gelada; apenas respondia às minhas carícias ardentes e impetuosas. Naquele momento atribui à prostração natural depois de tão fortes emoções; porém me enganava.

Fugace: fugaz, efêmero.

A frieza continuou aumentando de dia em dia, até que uma vez não me pude conter:

– Parece-me que já te aborreceste de mim, Lúcia!

– Creio que estou doente! sofro tanto!

– De quê? Dessa moléstia do coração de que já me falaste?

Fugiu-lhe pelos lábios um sorriso sinistro.

– Sim; dessa moléstia do coração que me há de matar!

E então, como para desvanecer a impressão que me deixara a sua frieza, atirava-se aos meus braços com uma espécie de frenesi; mas a sua ternura tinha um **desabrimento** e **rispidez** que me lembravam as palavras de Sá, e as impressões acres da primeira vez que possuíra esta mulher.

Desabrimento: aspereza, grosseria.

Rispidez: rudeza, indelicadeza.

A minha Lúcia dos bons dias, que aveludava-se no estreito enlace com que me cerrava ao seio, que diluía-se de gozo engolfando-me num mar de voluptuosidades, que aspirava-me a vida num beijo para vazá-la de novo e gota a gota: essa, eu só revia nas minhas doces recordações: porque a realidade fugia-me, quando a buscava com desespero.

Esqueci-me de lhe contar um incidente que se passou na mesma manhã da nossa reconciliação. Quis sair um momento para ir pagar as dívidas que Lúcia fizera na véspera.

– Já estão pagas! me respondeu sorrindo e mostrando os recibos.

– Por quem? perguntei com severidade.

– Por mim! Quem, senão eu, tinha o direito de pagá-las?

– Mas ontem o Couto te acompanhava...

– O senhor queria que eu tivesse amantes! disse Lúcia entristecendo. Mandei chamar esse velho. Não sabe por quê? Antes quereria dar-me a um escravo, do que vender-me a ele por todo o ouro deste mundo!

– E a tua pulseira? Ficarás sem ela?

– Psiu! fez Lúcia levando o dedo à boca e baixando a voz. Não fale mais nisso! Deixa-a ir; queimava! Ficou-me a sua lembrança!

Tirou então o adereço de azeviche que eu lhe tinha dado.

– Apareceu enfim!

– Ainda não se passou um só dia sem que o trouxesse uma hora pelo menos.

– Nunca te vi com ele.

– Não se lembra do motivo?... Agora já não preciso escondê-lo! Vale os brilhantes que perdi.

Desde então realmente a sua predileção por aquelas joias tornou-se uma espécie de **fetichismo** para esse coração, que por muito tempo ermo e vazio, sentia ardente sede de afeição.

Fetichismo é uma espécie de adoração por uma coisa mística ou sagrada, mas também pode ser por algo sexual em particular.

XV

Enfadado: aborrecido, descontente.

Decorreram vinte dias.

Chegando uma tarde vi Lúcia assustar-se e esconder sob as amplas dobras do vestido um objeto que me pareceu um livro.

– Estavas lendo?

Ela perturbou-se.

– Não: estava esperando-o.

– Quero ver que livro era.

Meio à força e meio rindo consegui tomar o livro depois de uma fraca resistência. Ela ficou **enfadada**.

Era um livro muito conhecido – ***A dama das camélias***. Ergui os olhos para Lúcia interrogando a expressão de seu rosto. Muitas vezes lê-se, não por hábito e distração, mas pela influência de uma sim-

Quando novo, Alexandre Dumas (filho do autor de *Os três mosqueteiros*, também chamado Alexandre Dumas) foi apaixonado por uma prostituta fina que o deixou por caras mais ricos. A moça, que morreu aos 23 anos, virou inspiração para Alexandre criar o romance e a peça *A dama das camélias*. Neles, Margarida Gautier é uma pobretona que vive um grande amor com o rico Armand Duval. A relação não é aceita pelo pai do cara e eles se separam. A jovem volta a ser cortesã e pega tuberculose. Armand descobre que seu pai fez a amada abandoná-lo e vai atrás dela. Mas era tarde, a bela havia morrido.

patia moral que nos faz procurar um confidente de nossos sentimentos, até nas páginas mudas de um escritor. Lúcia teria, como Margarida, a aspiração vaga para o amor? Sonharia com as afeições puras do coração?

Ela tornou-se de **lacre** sentindo o peso de meu olhar.

– Esse livro é uma mentira!

– Uma poética exageração, mas uma mentira, não! Julgas impossível que uma mulher como Margarida ame?

– Talvez; porém nunca desta maneira! disse indicando o livro.

– De que maneira?

– Dando-lhe o mesmo corpo que tantos outros tiveram! Que diferença haveria então entre o amor e o vício? Essa moça não sentia, quando se lançava nos braços de seu amante, que eram os sobejos da corrupção que lhe oferecia? Não temia que seus lábios naquele momento latejassem ainda com os beijos vendidos?

– O amor purifica e dá sempre um novo encanto ao prazer. Há mulheres que amam toda a vida; e o seu coração, em vez de gastar-se e envelhecer, remoça como a natureza quando volta a primavera.

– Se elas uma só vez tivessem a desgraça de se desprezar a si próprias no momento em que um homem as possuía; se tivessem sentido estancarem-se as fontes da vida com o prazer que lhes arrancavam à força da carne convulsa, nunca mais amariam assim! O amor é inexaurível e remoça, como a primavera; mas não ressuscita o que já morreu.

– Pelo que vejo, Lúcia, nunca amarás em tua vida?

– Eu?... Que ideia! Para que amar? O que há de real e de melhor na vida é o prazer, e esse dispensa o coração. O prazer que se dá e recebe é calmo e doce, sem inquietação e sem receios. Não conhece o ciúme que desenterra o passado, como dizem que os abutres desenterram os corpos para roerem as entranhas. Quando eu lhe ofereço um beijo meu, que importa ao senhor que mil outros tenham tocado o lábio que o provoca? A água lavou a boca, como o copo que serviu ao festim: e o vinho não é menos bom, nem menos generoso, no cálice usado,

Lacre é uma mistura de cera ou resina com um corante usada para fechar coisas.

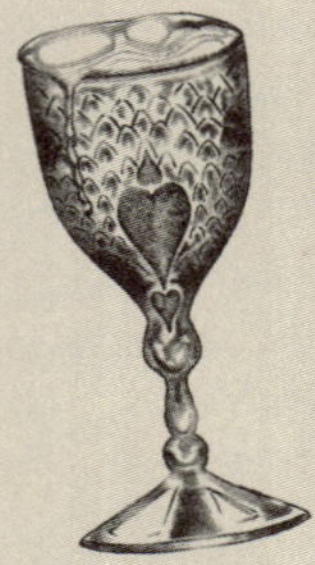

do que no cálice novo. O amor!... O amor para uma mulher como eu seria a mais terrível punição que Deus poderia infligir-lhe! Mas o verdadeiro amor d'alma; e não a paixão sensual de Margarida, que nem sequer teve o mérito da fidelidade. Se alguma vez essa mulher se prostituiu mais do que nunca, e se mostrou cortesã depravada, sem brio e sem pudor, foi quando se animou a profanar o amor com as torpes carícias que tantos haviam comprado.

Lúcia falou com uma volubilidade nervosa. Às vezes o rosto se tornava sombrio e torvo para esclarecer-se de repente com um raio de indignação, que cintilava na pupila; outras, a sua palavra sentida e apaixonada estacava no meio da vibração, afogando num sorriso de desprezo.

– E houve um homem que aceitasse semelhante amor?

– Ele também a amava: e certamente não pensava como tu.

– Mas é impossível amar uma mulher que se compra, e se tem apenas a desejam! A menos que não se ame por especulação e cálculo para obter-se de graça o que não se pode pagar.

– Seria uma infâmia! Não dês a isto o santo nome do amor.

– E podemos nós ser amadas de outro modo? Como? Arrependendo-nos, e rompendo com o passado? Talvez o primeiro que zombasse da mísera fosse aquele por quem ela desejasse se regenerar. Pensaria que o enganava, para obter por esse meio os benefícios de uma generosidade maior. Quem sabe?... suspeitaria até que ela sonhava com uma união **aviltante** para a sua honra e para a reputação de sua família. Antes mil vezes esta vida, nua de afeições, em que se paga o desprezo com a indiferença! Antes ter seco e morto o coração do que senti-lo viver para semelhante tortura.

Aviltante: ultrajante, humilhante.

– Está bem: deixemos em paz *A dama das camélias*. Nem tu és Margarida, nem eu sou Armando.

– Oh! juro-lhe que não!

Esse juramento teve uma solenidade que me pareceu caricata. Ou porque o percebesse, ou por uma das inexplicáveis transições que lhe eram frequentes, Lúcia soltou uma gargalhada.

– Realmente este livro não presta. Nem quero acabá-lo.

Cometeu-se aí um sacrilégio literário. As folhas desse primor da escola realista voaram despedaçadas pelas mãos crispadas de Lúcia, que parecia antes estrangular uma víbora, do que rasgar o livro inocente que tivera a infelicidade de irritar-lhe o humor.

Tinha ido levar a Lúcia um bilhete de teatro, que ela aceitou. As nossas relações tinham-se modificado insensivelmente, depois do choque violento que sofreram.

Há de ter visto em nossas matas algumas árvores estreitamente abraçadas pelas delgadas **enrediças** que lhes cingem o tronco, confundindo na mesma copa as suas folhas e flores. Um dia vem a **borrasca** que abala com rudeza o arvoredo: não conseguem os ímpetos da ventania quebrar os elos que prendem as duas plantas amigas; porém a enrediça deslizando inclinou para a terra.

Volta a bonança; a seiva expande-se com as águas que passaram: o **pâmpano** tocando o chão começa de lastrar: a haste da árvore desassombrada se lança. No ano seguinte, quando de novo por aí passar, verá o tronco nu e isolado, e o verde dossel bordado de flores que o cobria se estenderá ao longe humilde e rasteiro.

É a imagem fiel do que nos acontecera. O mundo soprando o seu hálito frio na intimidade de nossa existência não tinha podido separar Lúcia de mim; porém o **estame** delicado de sua vida desprendeu-se do meu seio, onde ela o escondera e abrigara. A flor mimosa de sua alma talvez sentisse que a sombra das ramas ia faltar-lhe contra os sóis abrasadores, como a proteção do tronco contra os vendavais. E inclinou-se, **langue** e desfalecida. Eu, que a devia erguer, não o fiz, porque também sentia o mundo que me impelia; as aspirações de futuro me chamavam à vida de estudo e trabalho.

Involuntariamente pois, sem queixas nem recriminações, apenas com uma doce saudade dos tempos que fugiam rápidos, ambos cedíamos a uma lei natural, e víamos afrouxarem os laços que nos uniam. Lúcia, sempre meiga e terna

Enrediça é um nome genérico de plantas trepadeiras.

Borrasca é uma ventania acompanhada de chuvarada.

Pâmpano é o mesmo que parra, o ramo do pé de uva – que se chama parreira ou videira.

Estame é o órgão reprodutor masculino das flores, a parte que produz pólen.

Langue: abatido, lânguido.

para mim, não podia já esconder a frieza com que recebia o gozo que outrora era a primeira a provocar. Quando as minhas instâncias redobravam, ela, que a princípio se expandia entre o rubor, sorria constrangida como uma escrava submissa ao aceno do senhor.

Eu assistia em silêncio a essa transformação. Algumas vezes tentava ainda soprar naquelas cinzas para ver se ateava uma chama do intenso fogo que lavrara ali; mas esmorecia, porque já o frio me ia invadindo; e só colhia as pálidas rosas que inda espontavam breves e rápidas como flores de chuva. Contudo, ou por um doce hábito, ou por uma misteriosa influência do passado, preferia a frieza dessa mulher aos transportes de qualquer beleza; guardava-lhe sem sacrifício, como sem intenção, uma fidelidade exemplar.

Não se admire pois se eu lhe disser que já não ia todos os dias à casa de Lúcia, apesar de suas instâncias; contudo sentia que a minha presença ainda lhe era agradável, e que ela a desejava, senão ardentemente, com uma doce emoção. Parecia que o prazer fugindo deixava a amizade calma e serena.

Qual era a existência de Lúcia durante o tempo que não passava em sua casa? Ignorava completamente; tinha até receio de conhecê-la; quando nalgum círculo a conversa caía sobre ela, de ordinário me retirava. Adivinha a razão. Lúcia não tinha compromissos para comigo: devia usar de sua liberdade; se eu lhe havia guardado uma fidelidade espontânea, não tinha por isso direito de exigir retribuição, sobretudo depois que minhas visitas se tornavam mais curtas e menos frequentes.

Contei-lhe tudo isto a propósito do teatro, onde nos devíamos encontrar.

Lá estava a família do sr. R... a quem fui cumprimentar apenas **caiu o pano**. A mãe, absorvida por uma velha **titular**, que lhe contava maravilhas do teatro *S. João*, depois de acolher-me com a sua costumada amabilidade, deixou-me à filha, que estava desesperada por achar um cúmplice para a inocente crítica feminina. Não tendo nada que me ocupasse, entretive-me mais tempo do que era natural com essa conversa, que não deixava de ser agradável para quem aprecia como eu a botânica da flor viva, gênero **zoófito**, que se chama mulher. A menina às vezes

Quando a peça termina ou vai rolar um intervalo, as cortinas são fechadas. Assim, cair o pano é fechar as cortinas.

Titular é a pessoa com título de nobreza.

Zoófito é o nome dado antigamente aos animais celenterados (ou cnidários), como anêmonas, águas-vivas etc.

debruçava-se para comunicar-me alguma observação mais cáustica; e eu tinha ocasião de sentir um hálito fragrante, e entrever na sombra a marmórea saliência de um seio virgem.

Saindo vi sentada na porta do seu camarote uma das poucas **lorettes** de Paris, que por um belo dia de inverno, como verdadeiras **aves de arribação**, batem as asas, atravessam o Atlântico, e vêm espanejar-se ao sol do Brasil nas margens risonhas da mais bela baía do mundo. Ela tinha e tem, com a cor da espanhola e os cabelos da italiana, a suprema elegância do passo e da atitude que o solo parisiense inocula pelas plantas de suas filhas prediletas. Admirava e conhecia essa mulher de a ter encontrado algumas vezes; mas as nossas relações não passavam de uma polidez mútua.

Naquele tempo, em Paris, os arredores da igreja Notre Dame de Lorette eram o paraíso da prostituição. Por esse motivo, o pessoal passou a chamar de lorettes as belas que ali cobravam para ter relações íntimas.

As aves de arribação voam longas distâncias, mudando de área de acordo com a estação do ano.

Vendo-a tive como um pressentimento de que essa mulher era a única que poderia apagar a lembrança de Lúcia. Levado por semelhante ideia, e também por esse desejo que temos todos de tocar com o ciúme o ouro de uma afeição, a fim de lhe conhecer o quilate, aproximei-me; conversamos alguns instantes.

Estirado: chato, enfadonho.

Exumar: trazer à luz, desenterrar.

Traduzindo: mais próximo do palco.

Não sei se a senhora achará prazer na leitura destas cenas sem colorido, **estirado** diálogo entre dous atores, raro interrompido pelo mundo, que lhes atira um eco de seus rumores. Já tenho tido vezes de arrependimento depois que comecei estas páginas, que eu podia tornar mais interessantes, se as quisesse dramatizar com sacrifício da verdade; porém mentiria às minhas recordações e à promessa que lhe fiz de **exumar** do meu coração a imagem de uma mulher.

Fui ver Lúcia. Ela estava pensativa e distraía-se continuamente para fitar o óculo na direção do camarote do R... Nem uma palavra a respeito da francesa; o que me contrariava, como deve supor.

– Ainda há pouco te vi de um camarote!

– Onde está uma família?

– Não, de outro **mais chegado à cena**: disse sorrindo.

– Sei, também o vi na porta.

– É uma bonita mulher, não achas? repliquei fingindo indiferença, mas realmente humilhado pela calma e sossego de Lúcia.

– Não conheço nem uma no Rio de Janeiro, nem mais bonita, nem mais graciosa. Merece todas as atenções de que a cercam.

– Estive conversando com ela; achei-a muito agradável. Se não tivesse receio de desgostar-te, iria vê-la.

Lúcia calou-se e levou o binóculo aos olhos. Era demais; nem sequer um despeito simulado. A consciência de sua infidelidade a pungiria tanto que se reconhecia indigna até de fingir ciúmes? Ou desejava ela ver romper-se o último véu que ainda nos ocultava a ambos a realidade de uma afeição partida?

– Sabes o provérbio, Lúcia. Quem cala consente.

– Como! Não ouvi! disse-me retirando o óculo e voltando-se para mim com a expressão lesa de quem procura apreender uma ideia no vácuo da memória.

– É indiferente para ti que eu veja aquela francesa! O teu silencio é claro!

– Tenho acaso o direito de me queixar? disse com melancolia. O prazer que ela lhe promete, sinto que já não posso dá-lo.

– Porque não queres: porque já não és a mesma.

– Não decerto, não sou a mesma! Mudei tanto!

– Para mim unicamente!

Ela fitou-me com um olhar ingênuo. Hoje que me lembro da expressão desse olhar leio nele perfeitamente: "Vive no mundo alguém mais?" Era a frase muda de seus olhos.

Lúcia ergueu de novo o binóculo.

– Aquela família com quem esteve não é a mesma que o convidou para a partida? A filha é muito bonita! O senhor dançou com ela!

XVI

Dias depois estava em casa de Lúcia; conversávamos tranquilamente, como dous bons amigos num momento de expansão.

Ela me contara vagamente, sem indicação de datas nem de localidades, as impressões de sua infância passada no campo entre as árvores e à borda do mar: seu espírito **adejava** com prazer sobre essas reminiscências embalsamadas com os agrestes perfumes da mata, e por vezes a poesia da natureza fluía no seu ingênuo entusiasmo.

Adejar: aflorar, voejar.

Pela primeira vez também, desde o momento em que a conhecera, Lúcia se mostrara curiosa a respeito do meu passado, de minha família, e de minhas ambições de futuro. Até então só conhecia de mim o meu nome e a minha pessoa; nem mostrava desejar mais. Os meus sentimentos, a minha vida íntima, era um mundo em que se julgava **profana**, e no qual não ousava ou não queria mesmo penetrar.

Profano: ímpio, mundano.

Abstenção é o controle que uma pessoa exerce sobre os próprios desejos e vontades.

Já tinha por vezes refletido nessa **abstenção**, a qual aparentemente denotava que Lúcia só estimava em mim o homem exterior; o moço que encontrara num dia de desenfado, e que lhe agradara pela figura, pelos modos, ou antes por capricho seu. Pouco lhe importando saber donde vinha e para onde ia esse companheiro de viagem, unira-se a ele para amenizar, durante o tempo que seguissem o mesmo rumo, os incidentes do caminho e a solidão do pouso.

Naquele dia, pois, satisfazendo o seu desejo, falei-lhe pela primeira vez do meu verdadeiro *eu*; das minhas esperanças, das minhas afeições, dos meus sonhos. Ela ouvia tudo com evidente interesse: o nome de uma pessoa querida por mim, ou de parente ou de amigo; uma data de família; uma localidade que fora teatro de algum dos pequenos acontecimentos da vida; tudo se gravara tão rápida e profundamente no seu espírito, que as suas observações não pareciam de quem acabava de ouvir, mas de quem acompanhara dia por dia os fatos que eu lhe contava. Identificando-se com a minha alma, graças à admirável flexibilidade do senso íntimo da mulher, ela sentia e comovia-se, recordando as minhas afeições; e nutria-se das minhas ambições, sonhando com elas, e dourando-as aos reflexos de sua rica imaginação.

Lúcia trazia nessa manhã um trajo quase severo: vestido escuro, **afogado** e de mangas compridas, com pouca roda, simples colarinho e punhos de linho rebatidos: cabelos negligentemente enrolados em basta madeixa, sem ornato algum. Em vez dos **pantufos** aveludados que costumava usar em casa, no desalinho, calçava uma botina de **merinó** preto, que ia-lhe admiravelmente, porque ela tinha o mais lindo pé do mundo. Quando o vento que entrava pela janela erguia indiscretamente a **fímbria** da saia, apesar do movimento rápido que a conchegava, descobria-se a volta bordada de uma calça estreita, cerrando o colo esbelto da perna divina.

O homem é um sistema de contrariedade.

As confidências mútuas, as expansões d'alma despegada do seu envólucro material; o recato austero do trajo que ocultava belezas criadas para viver em plena luz e ao ar livre, como as flores do trópico; deviam alhear-me os sentidos. Mas bem longe disso, no fim da nossa conversação remordiam-me as recordações. Meu olhar insinuava-se **perfidamente** pela aber-

Um vestido é afogado quando ele sobe até o pescoço.

Pantufo é o mesmo que pantufa, aquele chinelo macio e que deixa os pés bem quentinhos.

Merinó é uma lã feita a partir de um carneiro espanhol que leva o mesmo nome.

Fímbria, aqui, é a barra do vestido.

Pérfidamente: deslealmente, traiçoeiramente.

Entufar: avolumar.

Enlear: confundir, misturar.

tura do colarinho modesto que cingia uma garganta pura; espreguiçava-se pela seda avara que **entufava** a marmórea rijeza de um seio comprimido; **enleava**-se nas pregas fofas que quebravam a harmonia das formas.

Tomei as mãos de Lúcia sorrindo, e meus olhos foram à porta vendada de sua alcova. Ela ergueu-se rapidamente, e disse-me com um modo ríspido:

– Vou sair!

Era a primeira recusa que eu sofria.

O constrangimento de Lúcia tinha ido sempre em aumento; mas nunca, até ali, o meu desejo encontrara uma resistência; nunca uma desculpa, um pretexto, o contrariara. Ainda pronta para sair, no momento de entrar no carro, já no teatro ou no passeio, bastava uma palavra minha para fazê-la voltar, muda e fria, é verdade, mas obediente e resignada. Em qualquer ocasião, a qualquer hora do dia ou da noite, se meu lábio procurava o seu achava-o, seco e áspero, mas dócil à carícia.

– A que horas voltas?

– Não sei: é natural que me demore.

– Até à noite, então.

À noite, quando voltei, queixava-se de uma indisposição. Repeliu-me ainda: só abracei um corpo convulso e gelado que me assustou; sobretudo quando, levando as mãos à cabeça, soltou um gemido plangente e doloroso.

Estava realmente doente: respeitei-a. Às nove horas, apesar de minhas instâncias para ficar velando-a na sua enfermidade, obrigou-me a sair, e disse-me adeus sem acrescentar, como tinha de costume:

– Até amanhã.

Era também a primeira vez que a minha presença parecia contrariá-la. De manhã soube que o seu incômodo se agravara durante a noite. Achei instalada em sua casa, como enfermeira, uma tal sra. Jesuína, mulher de cinquenta anos, seca e já encarquilhada, com quem embirrei solenemente desde o momento em que a vi. Essa insuportável criatura não deixava um momento a borda do leito; e quando alguma vez

eu tomava as mãos de Lúcia, ou reclinava-me para ela; quando meus lábios iam roçar a flor de seu rosto; a sra. Jesuína tinha sempre um remédio a dar, um travesseiro a endireitar, uma recomendação a fazer.

Um dia retirando-me, a velha acompanhou-me até a sala; aí no meio de **biocos e gatimonhas**, deu-me a entender que o médico proibira terminantemente à Lúcia o menor excesso, que lhe podia ser fatal.

Ou seja, disfarces (biocos) e gestos ridículos (gatimonhas).

– Mas qual é a moléstia de Lúcia?

– Não me recordo; esses nomes de medicina são tão esquisitos! A moléstia agora não vale nada; amanhã está de pé; e num mês pode ficar inteiramente boa. Somente nada de excesso!

A velha carregou na palavra, piscando os olhos pequeninos.

– Pode custar-lhe a vida! acrescentou.

– Qual é o médico que trata dela?

– Um tal... Não me lembro agora. Mas é bom doutor.

– A que horas costuma vir?

– Não tem hora certa. Quando o senhor chegou, tinha saído.

– Onde mora?

– Nem sei! Ele disse; porém já me esqueci!

Desejava falar ao médico para saber com certeza o estado de Lúcia; não o consegui porém. No dia seguinte já encontrei Lúcia na sala, ainda abatida, mas sem sofrimento algum.

Decorreu uma semana. Lúcia tinha-se restabelecido completamente; continuávamos as nossas longas conversas de outrora, mas não a sós. A sra. Jesuína ficara a título de caseira ou dama de companhia; encontrava-a invariavelmente **repimpada** numa cadeira de balanço, a dous passos de Lúcia, lendo uma coleção de **novelas** em que brilhavam *Zaíra*, e os ***Azares da fortuna***. Se alguma vez Lúcia se levantava, a sra. Jesuína atirava com um movimento da cabeça os óculos de tartaruga sobre a ponta do nariz, e seguia-a para lhe perguntar se queria um refresco, um banho, o jantar, a roupa para sair, ou qualquer outra cousa.

Repimpado: recostado, acomodado.

Antes de a família real portuguesa vir morar no Brasil, em 1808, era proibido ter gráfica e imprimir livros por aqui. Depois, foi criada a Imprensa Régia, equipada para isso. Daí, entre 1810 e 1822, quinze romances foram publicados.

Os azares da fortuna, ou a história de Roberto, o provençal foi um livro estrangeiro bem popular na época.

Afinal não me pude ter.

– Já estás boa, Lúcia; não precisas mais de enfermeira. Que faz aqui esta velha?

– Faz-me companhia. Vivo tão só!

– Outrora a minha companhia te bastava.

Não me respondeu.

– Manda-a embora!

– Não é possível; preciso dela, mesmo para o arranjo da casa.

– Bem; como eu não a posso suportar, não voltarei enquanto ela estiver.

A sra. Jesuína tinha ouvido, o que me era completamente indiferente. Lúcia abaixara a cabeça e ficara pensativa; ao retirar-me, quando me apertava a mão, disse:

– Não a encontrará mais!

De fato no outro dia não encontrei a Jesuína. Lúcia estava só; todos os obstáculos e contrariedades que sofria depois de duas semanas me tinham irritado: creio que fui até violento e grosseiro; mas debalde. A resistência era tenaz e friamente calculada. Um momento, enquanto se debatia nos meus braços, o egoísmo cruel que às vezes faz do homem uma fera, e lhe dá instintos carniceiros, levou-me a dizer-lhe com escárnio:

– É a recomendação do médico? Tens medo de adoecer!

– Se fosse isso! Ainda quando soubesse que morreria nos seus braços... Que morte mais doce podia eu desejar! Não; não é esse o motivo. Não houve tal recomendação, nem aqui veio médico. Repugna-me enganá-lo: tudo foi uma mentira daquela mulher.

– Não estiveste doente? perguntei admirado.

– Tive uma ligeira indisposição. Naquele dia em que saí, andei muito e apanhei bastante sol; quando voltei tinha dores de cabeça horríveis. O senhor chegou... E naquele momento cuidei que ia ter uma vertigem. Mas passou!

– E a que veio a história daquela velha?

Lúcia perturbou-se e a custo balbuciou esta explicação:

– Chamei esta mulher para junto de mim porque tinha medo de estar só com o senhor.

– Ah!

– Ela inventou a mentira, de que eu não gostei; mas não tive ânimo de desenganá-lo!

– E por que receias estar só comigo, Lúcia?

Ela hesitou; por fim prorrompeu-lhe a voz do seio arquejante:

– Porque não posso fazer-lhe a vontade... Não! Sofro horrivelmente!

– Isto quer dizer que eu te incomodo vindo aqui.

– Ao contrário, meu Deus! É a única alegria que tenho neste mundo. Dê-me esse consolo! Venha conversar comigo! Todos os dias!...

– Tenho agora muito que fazer: estou tratando de estabelecer-me. A tua conversa é bastante agradável, mas falta-me o tempo!

– E nos domingos?...

– Ora Lúcia, sejamos francos. Melhor é confessares que eu te importuno. Já sabia disso; não me dirias nada de novo.

Quer saber o que respondeu?

– Se lhe incomoda vir aqui, eu irei vê-lo.

– Para conversar?...

Deixou pender a cabeça abatida.

– Para isso, continuei, não se incomode. É até favor não ir; porque vendo-a não me saberei dominar, e posso causar-lhe algum *horrível sofrimento*.

– É justo! Servi apenas para matar um desejo! E hoje nem para isso!...

Ainda voltei uma vez à casa de Lúcia.

Era natural; à medida que eu sentia essa criatura desapegar-se de mim, agarrava-me a ela com a ânsia do náufrago. Suspeitava que Lúcia tinha um amante. Queria desenganar-me: o acaso favoreceu-me.

Vi entrando na sala um objeto que pela sua novidade atraiu logo a minha atenção. Era um elegante vaso de cristal cor de leite, representando uma tuberosa: a flor que lhe servia de bocal ostentava uma camélia soberba: o ciúme, que é instinto e faro da paixão, descobriu logo entre o pé do vaso e o mármore do consolo a ponta de uma carta em papel rosa.

Lúcia teve um sobressalto quando entrei. Podia ser um assomo de alegria, por me ver depois de três dias de ausência; podia ser também um movimento de contrariedade. Atribuí ao segundo motivo.

– Estavas esperando alguma pessoa?

– Já ninguém me visita.

– Por que razão?

Enfastiar: cansar, enfadar.

– Os meus antigos amantes se **enfastiaram** de mim! disse com voz amarga.

– Virão novos! Já eles se anunciam! respondi indicando a camélia. É naturalmente pela pessoa que te mandou esta flor que esperas.

Lúcia ergueu os olhos surpresos e pareceu ver pela primeira vez o vaso e a camélia.

– É um lindo presente com efeito! disse ela chegando-se ao consolo. E uma flor tão bonita não tem perfume!...

Levantando o vaso, descobriu a carta que eu entrevira, e que ela passou-me sem ter rompido o fecho.

– Leia.

Corri os olhos pela carta; era do Cunha; insistia com Lúcia para aceitar o seu amor, oferecendo-lhe as condições mais brilhantes que poderia desejar uma mulher na sua posição. Enquanto lia, ela se aproximara da janela.

– Ah! que pena! exclamou rindo.

O vaso e a flor acabavam de despedaçar-se nas pedras da calçada. Lúcia tomou-me a carta das mãos e sem ler rasgou-a friamente.

– Não desconfie; desse menos que de qualquer outro. Já foi meu amante: uma noite vi sua mulher, que ele abandonava por minha causa, triste e pensativa. Desde esse momento deixou de existir para mim.

Lembra-se do que me dissera o Cunha no teatro? Era assim que caluniavam essa moça; porque também ela punha sobre o coração a máscara do capricho.

Tínhamos esquecido o Cunha e falávamos de outras cousas.

– Decididamente, Lúcia, não queres mais saber de mim?

– Eu!... Se é preciso, suplico-lhe de joelhos que me venha ver!

Abanei a cabeça.

– Se tens um amante e desejas guardar-lhe fidelidade, é diferente; podemos ficar amigos e ver-nos ainda de vez em quando. Mas para satisfazer um capricho **pueril**! Não estou disposto.

Pueril: infantil, imaturo.

– Então se eu tivesse um amante faria o que eu lhe peço? Viria ver-me?

– Nesse caso haveria um motivo justo, que eu respeitaria.

– Pois bem; eu tenho!

– Um amante?

– Sim!

– Quem é ele?

– Não sei. Ainda não tenho; mas terei amanhã; hoje, se quiser.

– Agora mesmo! Serei eu!

– Oh! não!

– Bem vês que não passa de um capricho. Já me tinham falado dessa tua excentricidade. Gostas de fechar a porta aos teus amantes, quando eles menos esperam; talvez para puni-los do prazer que lhes deste! É uma vingança!

– Aqueles que lhe falaram assim tinham razão: mas nenhum, fique certo, se queixará de o ter eu enganado.

XVII

Havia mais de quinze dias que já não ia à casa de Lúcia; tinha-a encontrado três ou quatro vezes na rua, e não lhe falara; fingia não vê-la.

A princípio custou-me não ceder àquele doce hábito; mas convencido como estava de que essa mulher zombava de mim, e queria ver-me representar o ridículo papel de amante **titular, ou honorário**, satélite de um astro que brilha para outros, paciente caudatário que as cortesãs gostam de trazer por orgulho e vaidade, revesti-me de coragem, e quebrei de uma vez com essas relações. O tempo é remédio soberano; os dias correram; a pouco e pouco fui-me resignando à separação.

Tinha aproveitado a minha liberdade para me preparar à vida séria. Mudara-me do hotel, e tomara um primeiro andar na rua da Assembleia. As **passadas** necessárias para fazê-lo mobiliar e arranjar, as compras de arranjos domésticos, tinham feito uma poderosa diversão que muito **concorreu** para fortalecer-me na resolução que havia tomado.

Aqui, titular quer dizer que só vale como nome, mas que não é de fato. E honorário é um cargo que é só de honra, não traz benefício.

São providências para resolver algo.

Concorrer: ajudar, contribuir.

Contudo a lembrança de Lúcia não se apagava; eu vivia ainda das recordações da felicidade que ela me dera; e quando saía afagava sempre a esperança de encontrá-la. Se isto sucedia, apesar de minha aparente indiferença, sentia uma emoção que achava ridícula e não podia dominar. A conversa do Rochinha, ou do Cunha, me era agradável, porque dava ocasião de saber notícias dela. Uma vez me disseram que Lúcia saía frequentemente, e passava todos os dias pela rua do Ouvidor: a ideia de que ela o fazia para ter ocasiões de me ver consolou-me.

Prorromper: irromper, aparecer de modo súbito.

Uma manhã lia os jornais sobre a mesa do almoço, esperando que me servissem, quando o moleque **prorrompeu** na sala com o ar espantado com que correria a anunciar-me que tínhamos fogo em casa.

– Está aí uma moça!

– Uma moça! repeti com um batimento de coração.

– O rosto dela está coberto com véu; mas eu vi!... muito bonita, sim senhor!

Roçagar: arrastar, tocar.

Quem podia ser senão Lúcia? Não me enganei. Avistando-me **roçagou** o véu, e disse com um triste sorriso:

– Resisti enquanto pude: não tenho mais forças. Estou pronta para tudo.

– Para tudo? perguntei sorrindo.

– Já que é preciso para vê-lo!

– Com que ar dizes isto! Se é um sacrifício renuncio.

– E continuará a fugir-me? Passará por mim sem olhar-me? Não; não é um sacrifício. Preferia que nos víssemos de outra maneira; mas não é possível! O senhor quer; e o meu maior prazer não é fazer-lhe todas as vontades?

– Vamos almoçar; passarás hoje o dia comigo.

– Só com uma condição.

– Qual será essa condição que eu não aceite para ter o prazer de possuir-te um dia inteiro?

– É... que não há de ser hoje! disse ela enrubescendo.

– Começas de novo com os teus caprichos.

– Então não fico! replicou atando as fitas do chapéu, e com o tom decidido.

– Deixa-te disto, Lúcia.

– Adeus; até amanhã.

– Está bem; aceito a condição.

– Dá-me sua palavra?

– Faço-te um juramento se quiseres.

– Não é preciso: estou satisfeita, e em paga do sacrifício, quero ser generosa.

Deu-me um beijo, um só, e na fronte.

– Então o beijo é permitido? disse eu sorrindo.

– Da minha parte unicamente; da sua, não senhor.

– Por que essa diferença? Deve haver completa igualdade.

– E não há? Se eu fico com o direito de dar, o senhor não tem o de recusar!

– Tu bem sabes que me faltaria a coragem!

– Não é culpa minha!

– E de quem é? De quem te fez tão bonita!

– Já fui! disse ela sorrindo com melancolia.

Realmente Lúcia estava mudada: tinha perdido o esmalte fresco e suave da tez; parecia mesmo desfeita e abatida; porém isso, longe de desmerecer a sua beleza, dava-lhe certa **morbidez** lânguida que a tornava ainda mais sedutora. Há dous momentos em que a rosa, a flor da beleza, tem para mim um irresistível encanto: é quando desata as mil folhas ostentando o brilho das cores e a régia altivez de sua coroa, e quando desfalece ao beijo ardente do sol, evaporando das pétalas flácidas o pálido matiz e o aroma sutil.

Morbidez é o estado de quem perde o vigor, a força.

Saí um instante depois do almoço para ir ao escritório da Companhia de **Paquetes** pagar o frete de umas encomendas que enviava à minha família, e para encarregá-las à **solicitude** de um empregado do vapor.

Paquete é um navio a vapor.

Solicitude: cuidado, diligência.

Quando voltei, a minha casa de homem solteiro tinha sofrido uma alteração completa. Os vidros que em quinze dias já tinham adquirido uma crosta espessa dessa poeira clássica do Rio de Janeiro, como é clássica a lama de Paris; os vidros brilhavam na sua límpida transparência entre as **bambinelas de cassa** que um armador acabava de pregar. Os móveis **espanejados** tinham mudado de lugar, tomando a posição melhor, e formando esse quadro harmônico, que o olhar de uma mulher esboça com a rapidez do pensamento; porque ela tem em si o instinto da forma, como a luz encerra a diversidade de cores que reflete sobre os objetos. Do recosto do sofá e das cadeiras pendiam lindas cobertas à ***crochet***; nos vasos dos consolos se expandiam ramos de flores que embalsamavam a sala.

No meu gabinete de estudo, a desordem desaparecera ao toque mágico do condão de uma fada hospitaleira: os livros arrumados na estante, e em seu devido lugar; os manuscritos reunidos sob pesos de cristal; as cartas **emaçadas** em ganchos de metal pregados junto à mesa e ao alcance da mão; ao lado da cadeira de braços uma cesta de palha para receber as tiras de papel, e na frente um pequeno tapete felpudo para aquecer os pés nas noites frias.

Igual revolução no meu quarto de vestir. Sobre o toucador uma profusão de perfumarias e pequenos objetos de **fantasia**. Na cômoda a roupa estava arranjada como no tempo em que minha mãe se incumbia desse trabalho. Um **dedal** de ouro, um papel de botões, e preparos de costura, que se viam sobre a cadeira numa caixinha de **tartaruga**, indicavam que antes da arrumação, a mãozinha ágil e habilidosa da costureira reparara os estragos do uso.

Mas eu tinha corrido toda a casa, notando essa transformação repentina, sem descobrir a autora; já estava inquieto, quando pela janela da sala de jantar, a vi na cozinha, e num estado que só tanta beleza e graça podia salvar do ridículo. Figure uma moça vestida de ricas sedas, com as mangas enroladas e a saia arregaçada e atada em nó sobre o meio da **crinolina**; com uma toalha passada pelo pescoço à guisa de avental; vermelha pelo calor e reflexo do fogo, batendo gemas de ovos para fazer não sei que doce. Repito: era preciso ter a faceirice e gentileza daquela mulher, para nessa posição e no meio da moldura de paredes enfumaçadas, obrigar que a admirassem ainda.

Bambinela é uma cortina franjada que vai por cima da cortina de verdade. Cassa é um tecido fino e leve.

Espanejado quer dizer que foi limpo com um espanador.

Do francês, *croché*, aquela malha feita com agulha de ponta curva.

Emaçado: unido em maço.

Fantasia é uma joia que vale pouco.

O dedal parece um copinho e é colocado na ponta do dedo. Na costura, protege da agulha e ajuda a empurrá-la.

Tradução: feita do casco da tartaruga.

Crinolina era uma armação feita com crina de cavalo, usada, na época, para sustentar o mundaréu de camadas dos vestidos.

Azáfama: confusão, desarranjo.

Fui tirá-la da sua **azáfama** doceira, e a trouxe confusa e envergonhada. Depois que ela reparou a desordem de seu trajo, tanto quanto era possível, tomei-lhe contas severas.

– Quando pedi à senhora que passasse o dia comigo, não foi para me servir nem de cozinheira, nem de costureira, nem de criada.

– De que posso eu servir-lhe?

– O mais grave porém não é isso: a senhora encheu a minha casa de objetos que não me pertencem, porque não os comprei.

Ela tirou um papel do seio:

– Oh! eu o conheço!... Tudo foi comprado com o dinheiro que tirei da sua gaveta. Aqui tem a conta. Se fiz mal em gastar sem sua ordem, ralhe comigo; suponha que eu pedi essa quantia, que o senhor decerto não me recusaria.

Lúcia deu-me a conta que eu rasguei sem ler, fazendo-a sentar nos meus joelhos, e cobrindo-a de beijos.

– Olhe lá! Já faltou ao prometido! Mas desta vez passe; porque me perdoou. Se não se apressasse, eu mesma lhos daria!

– Ainda está em tempo!

– Não, senhor. Quero fazer valer a minha riqueza. Darei se me afiançar outra vez que aprova tudo que fiz!

Perfídia: traição, falsidade.

O ajuste foi aceito e concluído. Era uma **perfídia** de Lúcia, como verá.

Exprobração: acusação, incriminação.

Estive para esquecer o nosso compromisso. Lúcia escapou-se, e fitando-me com um olhar de **exprobração** disse-me:

– E sua promessa!

– Não tenho forças para cumpri-la!

– E eu tenho para ceder-lhe! Pois bem; restituo sua palavra, para não obrigá-lo a faltar a ela. Quer-me assim mesmo morta?

Lúcia deu um passo para mim. Era realmente um corpo morto e uma feição estúpida que ela me oferecia. Repeli com vago terror. Então serenou; e conseguiu sorrir:

– Amanhã!

Depois com a voz triste e grave acrescentou:

– Será sempre cedo!

Chegou o moleque que tinha ido à sua casa buscar um vestido: poucos instantes depois ela apareceu com um trajo fresco e risonho de que tinha, mais que nenhuma mulher, o encantador segredo. Eu embalava-me na rede. Lúcia, depois que cansou de traquinar, fazendo-me cócegas, cobrindo-me o rosto com as franjas e oferecendo-me entre as malhas um beijo que eu não podia colher e se evaporava no ar, foi à estante escolher um livro, e sentou-se na esteira para ouvir-me ler.

Esse é o francês autor do livro *Paulo e Virgínia*, um grande sucesso publicado em 1787. Nele, Paulo e Virgínia são criados desde bebês como melhores amigos, praticamente irmãos, mas quando a adolescência chega, eles se apaixonam. A trama toda se passa em uma antiga colônia francesa, hoje, as ilhas Maurício, lá pras bandas de Madagascar.

O livro que ela trouxe era esse gracioso conto de **Bernardin de Saint-Pierre**, que todos lemos uma vez aos quinze anos, quando ainda não o sabemos compreender; e outra aos trinta, quando já não o podemos sentir. O que seduzira Lúcia foi o nome de *Paulo*, que ela ao entregar-me o volume mostrara sorrindo. Quando eu lia a descrição das duas cabanas e a infância dos amantes, Lúcia deixou pender a cabeça sobre o seio, cruzou as mãos nos joelhos dobrando o talhe, como a estatueta da **Safo** de **Pradier** que por aí anda tão copiada em marfim e porcelana.

De repente a voz desatou num suspiro:

– Ah! meu tempo de menina!

Voltei-me para ela; as lágrimas caíam-lhe em **bagas**: quis atraí-la, fugiu, arrebatando-me o livro das mãos.

8 Nascida na ilha de Lesbos, na Grécia Antiga, Safo escreveu poemas sobre e para mulheres. Ela abriu uma escola só para elas, onde ensinava poesia, dança, arte e música.

8 Jean-Jacques Pradier (1790-1852) foi um escultor queridinho da Europa no começo dos anos 1800 e causou muito com o erotismo de suas obras.

Baga: gota, pingo.

Escolhi outro livro para distraí-la; li a *Atala* de Chateaubriand, que ela ouviu com uma atenção religiosa. Chegando a essa passagem encantadora em que a filha de Lopes declara ao jovem selvagem que nunca será sua amante, embora o ame como à sombra da floresta nos ardores do sol, Lúcia pousou a mão sobre os meus olhos dizendo-me:

– Não podíamos viver assim?

– **Atala** tinha um motivo para resistir, Lúcia!

O livro *Atala*, do francês François-René de Chateaubriand, foi publicado em 1801. O enredo rola na América do Norte e conta o caso de amor dos indígenas cristãos Atala (a filha de Lopes) e Chactas. Ela tinha jurado virgindade eterna e se matou para não cair na tentação de ficar com o rapaz.

– E eu não tenho?

– Ela obedecia a um voto; e a virgindade lhe servia de defesa.

Lúcia respondeu-me arrebatadamente:

– Alguns espinhos que cercam a rosa, valem o veneno de certas flores? Um voto é cousa santa; mas a dor da mãe que mata seu filho é horrível.

– Não te entendo!

Lauto: suntuoso, maravilhoso.

Ela demorou um instante o seu olhar ardente sobre mim, e murmurou abaixando as longas pálpebras:

Epicuro foi um pensador romano da Antiguidade que achava que o homem devia procurar a felicidade e que isso acontecia por meio do prazer – para ele, o mesmo que ausência de dor. Algumas pessoas levaram muito a sério a história do prazer e são essas que, em geral, são chamadas de epicuristas.

– Queria dizer que se eu fosse Atala poderia perder a minha alma para dar-lhe a virgindade que não tenho; mas o que eu não posso é separar-me deste corpo!

Jantamos: nunca **lauto** banquete foi festejado por **epicuristas**, como a minha modesta **colação** pelos dous convivas que partilhavam o mesmo prato, e bebiam no mesmo copo, rindo e brigando a qual daria ao outro uma preferência mutuamente recusada.

Colação: lanche, consoada.

Às oito horas da noite acompanhei Lúcia à casa.

Poucos momentos depois de entrar ela passou ao toucador e voltou em traje de dormir; os cabelos soltos e uma longa camisola de linho, sem uma renda, nem um bordado.

– Já vais dormir?

– Vou deitar-me; estou fatigada; trabalhei hoje muito! respondeu sorrindo e tomando-me pela mão. Mas podemos conversar até dez horas. Durmo cedo agora.

O seu quarto de dormir já não era o mesmo; notei logo a mudança completa dos móveis. Uma saleta cor-de-rosa esteirada, uma cama de ferro, uma banquinha de cabeceira, algumas cadeiras e um crucifixo de marfim, compunham esse aposento de extrema simplicidade e nudez.

A ideia que primeiro me ocorreu foi que Lúcia tivera necessidade de dinheiro, e vendera os seus ricos trastes; isso me causou um aperto de coração.

– Por que esta mudança?

– Durmo aqui melhor. O outro quarto lá está como o senhor deixou.

– Nada lhe falta?

– Nada absolutamente. Admira-se que me prive da minha rica mobília, para usar de outra mais simples?

– Decerto; foi uma despesa inútil.

– Mas o senhor não sabe que posso comprar o que me parecer sem que reparem; e não posso vender cousa alguma sem que me suponham arruinada?

– A minha questão é da preferência que dás a esses trastes ordinários sobre os teus lindos móveis de pau-cetim.

– Grande questão... Questão de mulher no fim de contas: capricho. Nesta cama que o senhor acha tão feia, e neste quarto que lhe parece tão triste, o sono é doce para mim e os sonhos alegres. Quando entro aqui sacudo no limiar da porta, como os viajantes, a poeira do caminho; e Deus me recebe.

Dizendo estas palavras, Lúcia ajoelhou em face do crucifixo e recolheu-se numa breve oração mental; depois regaçou a roupa da cama e espreguiçou-se entre as alvas lençarias com o voluptuoso bem-estar que sente o corpo repousando depois da fadiga.

– Como é bom adormecer assim! disse-me ela pousando a cabeça no travesseiro e fechando-me as mãos entre as suas. Fale; conte alguma história! Sou uma criança! É verdade! Preciso que me acalentem. Mas fale! Diga-me...

– O quê?

– Não se agaste. Qual foi a primeira moça de quem o senhor gostou?

– Foi uma menina, não foi uma moça: respondi sorrindo.

– Ah! Que idade tinha?

– Doze anos; e eu acabava de completar dezesseis.

– Oh! conte-me como foi!

Contei; um desses **idílios** das primeiras flores da vida; amores infantis que balbucia o coração **ignaro**, como an-

Idílio: amor, romance.

Ignaro: inculto, ignorante.

No mundo da música, o acorde é um conjunto de notas musicais tocado de uma só vez. O arpejo acontece quando as notas são tocadas com os dedos uma por uma, separadamente, sendo chamado também pelo nome de dedilhado nos instrumentos de corda, como a lira.

tes balbuciara o lábio a palavra indecisa; **arpejos** vagos que o sopro da brisa arranca das cordas de uma lira ainda não **dedilhada**. Essas primeiras impressões são tão ricas de sentimento, que nunca o espírito penetra nelas sem achar uma melodia arrebatadora, mais viva e mais brilhante, à medida que o homem declina para a velhice. É natural que eu falasse com animação e entusiasmo. Lúcia cerrara as pálpebras para ouvir-me, e embalada pelas minhas palavras pareceu ir adormecendo insensivelmente. Calei-me, admirando com respeitosa ternura o rosto puro e cândido que entre a alvura do linho e no repouso das paixões tomara uma diáfana limpidez.

Meus lábios roçaram apenas a tez mimosa, tanto eu receava manchar com o hálito a flor dessa alma, que se abria na sombra e no silêncio, como o cacto selvagem de nossos campos. Nesse momento Lúcia ergueu as pálpebras, e seu olhar vago, já nublado pelo sono, afagou-me docemente.

– Foi o dia mais feliz da minha vida! murmurou ela com a voz quase imperceptível.

Ainda hoje não posso compreender que força misteriosa me obrigou a respeitar um dia inteiro essa mulher, que eu possuíra, e ainda apertava nos meus braços, recebendo a carícia de seu lábio amante.

Chegando à casa, e na ocasião de dar o dinheiro para as compras, conheci que Lúcia tinha-me enganado: a soma que eu possuía estava intacta.

E contudo a minha suscetibilidade extrema emudeceu nesse momento. Não sei que voz interior me disse que Lúcia tinha o direito de fazer aquilo, e eu a obrigação de respeitar a sua vontade e agradecer-lhe.

O que outrora me parecia **vileza**, era já delicada atenção.

Vileza: indignidade, rebaixamento.

XVIII

Vi no dia seguinte correr de novo aquela mesma cortina de seda azul que abrira para mim, como nuvem serena, um céu de delícias. Penetrei o templo do prazer, que eu entrara pela primeira vez esmagado por um olhar de tão soberano desprezo. Mas não encontrei nem a antiga fragrância, nem a atmosfera tépida e embalsamada que outrora o enchia. Estava frio e triste, como um aposento por muito tempo privado de ar e luz.

Lúcia não proferira uma palavra desde a minha chegada. Muda e submissa obedecera ao meu olhar; quando a toquei teve uma comoção violenta, verdadeiro choque elétrico. Fugiu **espavorida**; mas voltou logo: e caminhando para mim entregou-se com um cínico desgarro.

Espavorido: apavorado, amedrontado.

Há de ter ouvido falar na sensualidade **nefanda** dos coveiros de cemitério, que saciavam no cadáver das belas mulheres um desejo brutal. Não creio que esses abutres da lascívia apertassem corpo mais gelado e insensível do que a múmia que se inteiriçava nos meus braços. Senti o frio

Nefando: execrável, detestável.

O italiano Dante Alighieri escreveu no começo do século XIV um livrão até hoje lido e querido: A divina comédia. Essa obra tem uma parte dedicada ao Inferno, outra para o Purgatório e uma terceira que é sobre o Paraíso. No enredo, o próprio Dante percorre essas áreas em companhia do Virgílio – autor do Império Romano que nos deixou clássicos como a Eneida. Voltando ao Inferno de Dante, tem uma hora lá em que os dois estão encarando um lago gelado, que representa a traição. E é a esse trecho que Alencar está se referindo aqui.

horror de **Virgílio** correr-me pela medula dos ossos.

Lúcia atravessou o aposento com o passo **hirto**, e saiu. Entrou alguns minutos depois. O calor voltara à epiderme, que abrasava agora; o corpo tinha, não a doce flexibilidade que lhe era natural, porém uma elasticidade nervosa e convulsa, que o enrolava como a cauda de uma serpente na agonia. Em vez do seu hálito sempre perfumado, a boca exalava o bafo ardente de uma chama interior, e o **fumo** alcoólico de **espírito** fortíssimo.

– O que bebeste tu, Lúcia? perguntei-lhe inquieto.

– Sofro do estômago, bebi um gole de *kirsch*, respondeu com a voz **trôpega**.

Hirto: firme, duro.

Fumo: bafo, sopro.

"Espírito", aqui, quer dizer "bebida alcoólica".

Trôpego: vacilante, titubeante.

– Que extravagância!

Ela cortou-me a palavra com um beijo de fogo; escaldou-me da lava que corria-lhe do corpo; mas de repente repeliu-me bruscamente escondendo o rosto nas mãos:

– Não posso! É mais forte do que eu!

Soluçava como uma criança; riu depois como uma louca.

Conheci então a verdade. Lúcia estava embriagada.

A sua saída repentina fora um ato de desespero para vencer o gélido espasmo que a marmorizava. Tinha quase esvaziado uma garrafa de *kirsch*. Acreditei enfim na sinceridade da repugnância de Lúcia; renunciei de uma vez ao meu desejo. Sentia profunda compaixão por essa mulher. O seu pranto me enterneceu; chorei com ela.

O abalo moral foi-lhe dissipando a embriaguez: até que adormeceu profundamente sobre o meu peito.

Coligir: reunir, juntar.

Quando acordou, Lúcia percorreu algum tempo com os olhos o aposento, como se **coligisse** os vestígios esparsos de recordações esvanecidas pelo sono; até que a ideia do que se havia passado desenhou-se lúcida no seu espírito. Então volveu para mim o olhar humilde juntando as mãos com uma expressão suplicante.

– Logo mais terei forças! balbuciou ela. Era a primeira vez depois de tanto tempo; e não pensei que me faltasse o ânimo.

– Não, Lúcia: nunca mais!

O seu rosto **anuviou**-se:

– Então vai abandonar-me de novo?

– Supunha que isso não passava de excentricidade; o meu orgulho se revoltava. Mas há pouco o suplício horrível por que passaste me comoveu a ponto que chorei contigo.

– Chorou?... E por mim!

– Conheci que havia uma dor profunda e intensa no que me parecia ridículo capricho! Hei de me lembrar sempre que te vi quase morta nos meus braços! Um desejo de hoje em diante seria uma ideia assassina? Não posso, não o devo ter! És sagrada para mim; sagrada pelo **martírio** que te causei; sagrada pelas lágrimas que derramamos juntos. A tua beleza já não tem influência sobre os meus sentidos. Posso te ver agora impunemente.

Lúcia me escutava com enlevo, bebendo uma a uma as minhas palavras e o meu olhar, como se foram um elixir poderoso que a regenerasse. Apenas me calei, desprenceu-se docemente de meu seio, e caiu de joelhos. Ergueu-se depois grave e recolhida para dizer-me:

– Deus me abençoou!

Houve um grande silêncio, em que Lúcia, imóvel e recolhida, continuava absorta no seu êxtase religioso, e eu contemplava-a mudo sem me animar a interrompê-la.

– Agora deves ter confiança em mim, Lúcia; explica-me a razão dessa singularidade.

– Eu mesma não sei! respondeu com ingênua simplicidade.

– Ainda receias?...

– Não! Alguma cousa me diz que eu vibro no seu coração uma corda, embora seja a da compaixão e da piedade. Posso abrir-lhe minha alma, e deixar que penetre nela. Veja se compreende: eu não posso.

– Mas devias sentir alguma cousa?

Anuviar: magoar, entristecer.

Martírio é um sofrimento profundo.

"Açoutar" é o mesmo que "açoitar", que significa bater com açoite, um tipo de chicote.

– Sentia a morte que me invadia o corpo, enquanto eu vivia dentro dele sofrendo torturas horríveis. Se eu tivesse ainda minha mãe expirante diante de meus olhos, amaldiçoando-me no seu último soluço; se por algum crime infame me **açoutassem** nua pelas ruas, cuspindo-me às faces no meio das vaias do povo, creio que não sentiria o que sinto nesses momentos. Por que razão?

– Entretanto houve um tempo em que, se não me engano, tu eras feliz como eu do prazer que me davas.

– É verdade! Esse tempo foi uma eternidade de delícias para mim; desejava até, louca que eu era!... desejava que fosse possível morrermos assim um no outro... uma só vida extinguindo-se num só corpo! Mas passou!... Devia passar!

– Por quê?

– Não sei!... Quando me lembro...

Tornou-se lívida; a voz encobriu-se:

– Quando me lembro que um filho pode gerar-se das minhas entranhas, tenho horror de mim mesma!

– Não digas isso, Lúcia! Que mulher não deseja gozar desse sublime sentimento da maternidade!

– Oh! Um filho, se Deus mo desse, seria o perdão da minha culpa! Mas sinto que ele não poderia viver no meu seio! Eu o mataria, eu, depois de o ter concebido!

Não compreendia esse fenômeno; ainda hoje não o posso explicar senão por alguma das misteriosas afinidades do corpo com o espírito que o habita.

– Mas que importa? continuou Lúcia. Aquelas delícias passadas não valem a felicidade que eu sinto agora quando o vejo, quando lhe falo. Se eu pudesse viver toda a minha vida assim, sentada nos seus joelhos, olhando-o, não pediria a Deus nada mais!

Entramos então em uma nova fase de nossa mútua existência, fase original e curiosa, que me faria rir quinze dias antes. Com efeito, quem poderia julgar possível uma amizade fraternal e pura entre duas criaturas que meses antes trocavam as mais ardentes expansões da sensualidade? Quem poderia conceber uma abstinência absoluta num caráter ardente, provocado todos os dias e a todas as horas pela beleza sempre radiante de uma mulher divina, que retraçava com um olhar e um sorriso os poemas da voluptuosidade fruída?

Nessa época se revelaram francamente em Lúcia as aspirações ingênuas para uma juventude perdida, os sonhos vivos do passado, que desde muito tempo espontavam por vezes através do luxo e agitação de uma vida elegante. Com a timidez de seu olhar velado pelos longos cílios, com o modesto recato de sua graça e o seu vestido de cassa branca, Lúcia parecia-me agora uma menina de quinze anos, pura e cândida.

Por que segredo ignoto da natureza a rosa que há pouco se ostentava no viço da florescência, abrochara as folhas, e agora botão recente mal ia desatando o seio? Por que mágica força de vegetação a palmeira altiva que hasteava no vale as verdes frondes, se transformara de repente na mimosa sensitiva?

Muitas vezes achava Lúcia **cosendo** e cantando à meia-voz alguma monótona **modinha** brasileira, que só a graça de uma bonita boca, e a melodia de uma voz fresca, pode tornar agradável. Outras vezes passava horas inteiras esboçando um desenho, tirando uma música ao piano, escrevendo uma lição de francês, língua que aliás traduzia sofrivelmente; ou enfim bordando ao **bastidor** algum presente que me destinava.

Coser: costurar.

A modinha é um estilo musical inspirado nas óperas, em que a cantoria é acompanhada por violão, flauta, cravo ou piano, e é uma das maiores influências da música brasileira. Ouça no YouTube.

É formado por dois aros, um é um tiquinho maior que o outro. O pequeno vai embaixo do tecido. O maior vai por cima, de maneira que o pano fique preso ali, bem firme e esticado, entre os dois aros. O aro grande tem ainda um parafuso no topo que você aperta para garantir que o conjunto de dois aros com tecido no meio não se desfaça.

A região da lagoa Rodrigo de Freitas, na zona sul do Rio de Janeiro, primeiro foi lugar de plantação de cana. Mais tarde, com a chegada de d. João VI e sua turma, uma fábrica de pólvora foi construída ali. Mas passou um tempo e a coisa explodiu. Foi nessa altura que começaram a pipocar por lá muitas chácaras.

O Cosme Velho é outro bairro da zona sul do Rio de Janeiro, perto do rio Carioca e no pé do morro do Corcovado – na época, também era uma área de chácaras e muito verde.

Não saía mais durante o dia; à noite pedia-me que a levasse a algum arrabalde distante da cidade, à **Lagoa**, ou ao **Cosme Velho**. Partíamos de carro; parávamos nalgum lugar mais despovoado; ela recostava-se no meu braço, e passeávamos durante uma ou duas horas. Outras noites preferia o mar; embarcávamos num bote, e **vogávamos** pela baía.

O seu trajo habitual nestes passeios era vestido de merinó escuro, **mantelete** de seda preta, e um chapéu de palha com laços azuis. Mas essa mulher tinha a beleza luxuosa que se orna a si mesma, e que os enfeites, longe de realçar, amesquinham; nunca ela me parecia mais linda do que sob essa simplicidade severa.

Um dia Lúcia chegou-se a mim com certo ar de mistério:

– Quer fazer amanhã um passeio comigo?

– Aonde?

– A **S. Domingos**.

– Se isto te causa prazer!...

Partimos às quatro horas da madrugada numa **falua**, que atravessou rapidamente a baía e levou-nos à praia de **Icaraí**. Não sei se ainda aí perto existe um velho casebre, escondido no mato e habitado por uma velha e dous filhos, que nos hospedaram, ou por outra, nos deram sombra e água fresca.

Quando Lúcia pôs o pezinho calçado com a botina de **duraque** preto na areia úmida da praia, pareceu que a mobilidade e a agitação das ondinhas que **esfrolavam** murmurando, comunicou-se-lhe pelo contato. Em um instante chegou à casa, abraçou a velha, correu todos os recantos, o terreiro, o quintal e o mato que se estendia em roda. Ora suspendia-se aos ramos das árvores e colhia os frutos verdes que saboreava com delícia; ora pulava sobre a relva soltando gritos de prazer, como as aves quando **atitam** ao raiar da manhã.

E no meio de tudo isso, voltava para mim, e me obrigava a tomar a minha parte do prazer que ela sentia. O meio de não co-

Vogar: navegar, derivar.

Mantelete é um tipo de lenço usado como se fosse uma capa.

São Domingos é um bairro à beira-mar que fica onde hoje é a cidade de Niterói.

Falua: tipo de barco a vela.

Icaraí é uma praia em Niterói bem querida na época e ainda hoje.

Duraque é um tecido resistente usado para fazer sapatos.

Esfrolar: agitar-se, encrespar.

Atitar é soltar gritinhos bem agudos.

mer frutas verdes quando elas nos são apresentadas entre duas linhas de pérolas, e à sombra de lábios vermelhos, que fugiam furtando o beijo que prometiam? O meio de não fazer toda a sorte de loucuras, quando um talhe esbelto suspende-se ao vosso flanco, e uma voz aveludada murmura uma prece ao ouvido?

Almoçamos. Lúcia contentou-se com uma côdea de pão e um copo de leite, que bebeu sentada sobre uma pedra.

Depois do almoço ela tomou-me pelo braço:

– Foi nesta casa que eu nasci, disse-me ela. Não era então velha como hoje está. Tudo muda: tudo passa!

Mostrou-me o lugar onde seu pai costumava trabalhar, onde sua mãe cosia: lembrava-se de todos os cantos, do lugar de cada móvel, da idade de cada fruteira, dos menores incidentes passados nesta área de terra.

– Faz sete anos que deixei este lugar; parece-me que foi ontem. Quando venho aqui alguma vez, acho ainda viva e fiel a minha infância tão feliz! Recorda-se da Glória? De lá olhei para esta praia. O senhor estava perto de mim. Mal pensava que três meses depois aqui viríamos juntos!

– E o que é feito de tua família? Como a perdeste? Nunca me quiseste dizer nada a este respeito.

– Toda a minha vida lhe pertence; o passado como o futuro. Mas aqui não teria animo: aqui vive a minha infância, que eu respeito. Não quero que estes lugares que me viram tão alegre, me vejam sofrer, tendo-o junto de mim. Não falemos nisso agora; suponho que dormi estes sete anos e acordei hoje de repente.

Sentamo-nos sobre a relva coberta de flores e à borda de um pequeno tanque natural, cujas águas límpidas espelhavam a doce serenidade do céu azul. Lúcia tirou do bolso o seu *crochet* e o novelo de **torçal**, e continuou uma gravata que estava fazendo para mim. Enquanto ela trabalhava, eu arrancava as flores silvestres para enfeitar-lhe os cabelos; ou arrastava-me pela relva para beijar-lhe a ponta da botina que aparecia sob a orla do vestido.

Torçal é um tipo de fio que na verdade são dois juntos, torcidos.

Deixei cair algumas pedras no tanque. Não sei que impressão triste faz sobre o espírito a plácida imobilidade da

onda, que desafia o homem a quebrar a quietude da natureza. Os olhos acompanham então com uma indefinível satisfação os círculos concêntricos que surgem à tona e vão-se dilatando até morrer nas margens do lago.

Ia atirar uma nova pedra, quando Lúcia, que eu supunha ocupada com o seu trabalho, reclinou-se para mim, de mãos juntas, e disse-me com uma voz angustiada:

– Não! Coitadinha! Tenha pena dela!

Encarei com Lúcia: seu rosto traía uma aflição profunda. De surpreso, deixei cair a pedra.

– Oh! Como deve sofrer! balbuciou ela mostrando-me com a mão trêmula a água que se toldava e enegrecia.

– Que é isto? Em que estás pensando, Lúcia? disse apertando-lhe as mãos com força.

Volveu para mim os olhos vagos: contemplou-me um instante e riu:

– Uma loucura!... Não sei como me veio semelhante ideia! Vendo esta água tão clara toldar-se de repente, pareceu-me que via minha alma; e acreditei que ela sofria, como eu quando os sentidos perturbam a doce serenidade de minha vida.

Depois de uma pausa, continuou:

– Naquele dia... não soube explicar-lhe... É isto! Veja! A lama deste tanque é meu corpo: enquanto a deixam no fundo e em repouso, a água está pura e límpida!

Acredite, ou não, Lúcia acabava de me revelar naquela imagem simples um fenômeno psicológico que eu nunca teria suspeitado.

XIX

Talvez não se lembre de um Jacinto, cujo nome, então des-conhecido para mim, ouvira uma vez da boca de Lúcia.

Medíocre: banal, ordinário.

Era um homem de quarenta e cinco anos; feição comum e espírito **medíocre**. Encontrava-o agora todos os dias em casa de Lúcia; e desde a primeira vez antipatizara com a sua enjoativa figura.

– Quem é este senhor? perguntei a Lúcia.

Ela perturbou-se.

– É um sujeito que costuma tratar dos meus negócios.

– Que importantes negócios são os teus que eu não me possa incumbir deles?

– Compras... Não tenho outros. Para que incomodá-lo com isso?

– Também sou ciumento: não desejo que ocupes outra pessoa além de mim.

– Esse homem é quase um criado.

A palavra produziu o seu efeito: desde que o Jacinto desceu ao **mister** de homem assalariado, não fiz mais reparo na sua assiduidade. Quase sempre o encontrava na escada interior, descendo quando eu subia: dava-lhe tanta atenção como ao carroceiro que enchia as talhas d'água, ou ao cozinheiro que saía a compras.

Mister: ofício, ocupação.

Tínhamos partido de S. Domingos na véspera às oito horas da noite; às onze deixara Lúcia em sua casa, desculpando-me de não ir vê-la no dia seguinte de manhã, por causa de algumas **visitas de rigor**.

Visitas de rigor são as que a pessoa faz por obrigação.

Sucedeu porém que, voltando de uma dessas visitas, o cocheiro do tílburi passasse pela porta de Lúcia. Não pude resistir ao desejo de vê-la, apertar-lhe a mão e saber como havia passado a noite. Cheguei à sala de jantar sem encontrar viva alma, supondo achar Lúcia na sala, dirigi-me para ali, pelo corredor particular. Abafei os passos, para surpreendê-la.

O surpreendido foi eu, ouvindo vozes na alcova, **onde tanto havia**, já ninguém entrava. Enfiei o olhar pela fresta que deixava a **sanefa de tafetá** na porta envidraçada; e o que vi me fez empalidecer. A pessoa que estava com Lúcia era o Jacinto: ela abanava a cabeça; ele sorria com um ar de estúpida satisfação, e abria lentamente uma nojenta carteira de **couro da Rússia**.

Traduzindo: onde há tanto tempo.

A sanefa é um pano ou madeira usado para esconder a vara que sustenta a cortina. Aqui, ela é feita de um tecido bem brilhante, o tafetá.

Esse couro da Rússia, ou moscóvia, é um couro castanho, em geral de rena, que era curtido em Moscou.

Corri o aposento com uma vista rápida e ansiada: o leito estava desfeito e os móveis em desordem. O sr. Jacinto tirara da carteira um maço de **bilhetes do banco**, que Lúcia escondera no seio com um expressivo gesto de contentamento. Não havia dúvida possível; as provas da infâmia eram evidentes; e para cúmulo do cinismo, o preço depois de regateado fora pago à vista. Uma parede que desabasse não me atordoaria como aquela cena a que eu acabava de assistir. Não sei quanto tempo fiquei ali, atirado contra a porta, sem sentidos nem espíritos, somente com a consciência de uma imensa dor. Quando voltei a mim, a alcova estava deserta; o Jacinto tinha partido: e Lúcia cosia no toucador, cantando a meia-voz. Hesitei se devia fugir para nunca mais ver

Demorou um pouco para termos uma cédula oficial de dinheiro no Brasil e as primeiras versões eram papéis comuns, um documento, onde se escrevia à mão o valor – uma coisa talvez mais parecida com cheque, né?

Ignomínia: infâmia, desonra.

semelhante monstro de mulher, ou se ficaria para lançar-lhe em rosto a sua **ignomínia**.

Conhecendo o meu passo, ela jogou de si a costura, e precipitou-se para mim; trazia o sorriso orvalhado de carícias, o olhar cheio de candura.

– Infame!

A indignação e o desespero que fermentavam no meu seio borbotaram nessa única palavra, grito e soluço de uma angústia cruel. Lúcia tornou-se lívida; vacilou. Com um supremo esforço dominando a vertigem que a tomava, cobriu-me com um olhar frio, cheio de tanta dignidade e altivez, que me colou imóvel sobre o chão. Assim pasmo e **quedo**, vi-a atravessar com lentidão a sala e desaparecer detrás de uma porta, que se fechou surdamente. Pareceu-me ouvir selar a **lousa** do túmulo, onde eu acabava de sepultar uma porção de minha alma.

Quedo: imóvel, paralisado.

Lousa é aquela chapa de pedra que fica sobre o túmulo.

Desatinado: desvairado, enlouquecido.

Lancei-me pelas ruas **desatinado**. Às quatro horas da tarde ainda eu vagava sem destino.

O Sá passava no seu tílburi; viu-me e parou:

– Que milagre é este: ressuscitaste!

– Não me fales nisso!

Convalescença: melhora, recuperação.

– Ah! estás apenas em **convalescença**; mas desta vez incumbo-me de curar-te, para que não tenhas nova recaída.

– Asseguro-te que não há mais perigo.

– Se não me engano, ainda não jantaste.

– Nem quero.

– Vem jantar comigo; entrarás imediatamente no **regímen higiênico** que pretendo receitar-te.

Regímen, ou regime, é qualquer modo de viver. Agora, se o regímen é higiênico, então, a gente está levando uma vida boa e com saúde – e não estamos falando aqui de sabão, banho e tal. É mais tipo higiene mental (coisas que a gente faz para se sentir bem).

Tomou as rédeas do cocheiro, que seguiu a pé, e ofereceu-me um lugar no tílburi.

Mais tarde Sá interrogou-me sobre o que se tinha passado; porém recusei constantemente satisfazer a sua curiosidade. Para que ele compreendesse o meu sofrimento, fora **mister** contar-lhe as minhas relações intimas com Lúcia; e era esse mistério que invencível pudor d'alma não me deixava expor a outros olhos, fossem eles de um amigo.

Ser mister é ser necessário.

Achei-me num estado de apatia moral: tinha medo da iniciativa, porque vagamente pressentia que ela me arrastaria de novo à casa de Lúcia, quando não fosse senão para ter o agro prazer de insultá-la com o meu desprezo. Nessa situação era natural que Sá não encontrasse a menor resistência no que ele chamava o regímen higiênico da minha paixão.

Durante três dias corremos os arrabaldes da cidade.

Passávamos uma tarde a cavalo por **Santa Teresa** na direção da **Caixa d'Água**, quando vimos parado defronte de uma pequena casa, **reparada de novo**, o Jacinto. Esse homem me atraía, pelo ímã irresistível de Lúcia; e entretanto eu o detestava.

O bairro de Santa Teresa recebeu esse nome por conta do convento que se instalou ali. Ganhou também fama de ter um clima bom, porque ficava no alto do morro do Desterro e ali era mesmo mais fresco que na parte baixa da cidade.

O rio Carioca era a principal fonte de água da cidade e ela era escoada até o centro através dos arcos da Lapa. A caixa da Mãe d'Água ficava, digamos, no meio do caminho, mas ainda lá no alto de santa Teresa. Na segunda metade do século XIX, o serviço de distribuição de água no Rio de Janeiro começou pra valer e para isso foi construído o Reservatório do Carioca, pertinho da tal caixa d'água, com jardim na frente, reservatórios a céu aberto, uma barragem. Aquilo virou logo uma espécie de ponto turístico.

– Pertence-lhe esta casa, sr. Jacinto? disse-lhe Sá respondendo à cortesia.

– Não senhor. Pertence a uma pessoa do seu conhecimento, à Lúcia.

– Como! Lúcia vem morar numa casa térrea e de duas janelas? Não é possível.

– Também eu não acreditei quando ela me falou nisso! Cuidei que estava brincando; porém é negócio sério.

– Então comprou esta casa?

– E mandou prepará-la. Já está mobiliada e pronta. Devia mudar-se hoje; não sei que transtorno houve. Ficou para a semana!

– Está bem! São luxos de passar o verão no campo! Não lhe dou um mês que não esteja arrependida, e não volte para a sua casa da cidade.

– Para essa, há de ser difícil; disse o Jacinto com um sorriso.

– Por que razão?

– Vendeu-me o arrendamento e toda a mobília.

– Que diz!

Traduzindo: "reparada de novo" quer dizer "recém-reformada".

Doudice: doidice.

– Na quinta-feira fechamos o negócio. Dei-lhe um conto de réis de sinal. Porém o mais interessante é que mandou fazer leilão de tudo quanto possuía, inclusive joias e roupa.

– Terá ela caído na miséria?

– Qual! Tem perto dos seus cinquenta contos e quer gozar da vida tranquilamente. **Doudice**; podia fazer uma fortuna, e ajudar os outros.

O Jacinto cumprimentou e desceu a ladeira. A conversa que acabava de ouvir me tinha completamente perturbado: enquanto Sá aproximava-se do portão para examinar o jardim, ficara eu imóvel e perplexo. Por fim, impelido por uma força superior, segui precipitadamente o homem que levava consigo o sossego e tranquilidade do meu espírito.

Alcancei-o junto aos arcos. Procurei o pretexto do aluguel da casa em que Lúcia morara, e obtive a narração minuciosa do que se passara. Aquela desordem do leito não fora outra cousa mais que o exame de um comprador de trastes, que antes de fechar o negócio deseja conhecer o estado da mercadoria.

Corri à casa de Lúcia.

– Sofri muito, ainda sofro; mas sinto a necessidade de perdoar: disse-me ela grave e melancólica.

Nem um transporte de alegria, nem um sobressalto de surpresa por ver-me chegar arrependido e suplicante. Recebeu-me com uma serena placidez, e um olhar de meiga exprobração:

– Não é generoso ofender a quem não sabe, e não pode repelir a ofensa.

Era estranha para mim a expressão de calma e serena dignidade que se difundia pelo seu rosto e por toda a sua pessoa; alguma vez já vira passar-lhe na fronte um reflexo de nobre altivez, mas de relance, como a eletricidade que lambe a face da nuvem. Naquele momento porém a luz irradiava de um foco íntimo; e na feição, como na atitude de Lúcia, aparecia profundamente impresso o pudor de uma alma ressentida.

Pela primeira vez a mulher submissa, que temia ofender-me, mostrando-se ofendida de minhas injustiças, conservava contra mim uma queixa, e assumia o direito de perdoar. Admirando, aceitava contudo essa nova situação, como tinha aceitado todas as gradações por que passara a sua existência depois que nos conhecíamos.

– Duvidou de mim! disse Lúcia fitando-me com os seus grandes olhos límpidos.

Ia balbuciar uma desculpa: ela atalhou-me.

– Não! A mulher de quem duvidou já não existe, morreu! É uma história bem triste! Ouça!

Lúcia ficou um momento absorvida nas suas recordações: afinal **chegando um banquinho de tapete** sentou-se aos meus pés.

Tradução: puxando para perto (chegando) um banquinho estofado (de tapete).

– Deixamos S. Domingos para vir morar na corte: tinham dado a meu pai um emprego nas obras públicas. Vivemos dous anos ainda bem felizes. À noite toda a família se reunia na sala; eu dava a minha lição de francês a meu mano mais velho, ou a lição de piano com minha tia. Depois passávamos o **serão** ouvindo meu pai ler ou contar alguma história. Às nove horas ele fechava o livro, e minha mãe dizia: "Maria da Glória, teu pai quer cear". Levantava-me então para deitar a toalha.

Serão é aquela reunião da família, no começo da noite, para bater um papo ou fazer qualquer coisa junto.

– Maria da Glória!

– É meu nome. Foi nossa senhora, minha madrinha, quem mo deu. Nasci a 15 de agosto. Por isso todos os anos vou levar-lhe um trabalho de minhas mãos, e pedir-lhe que me perdoe. Outrora pedia-lhe que me fizesse feliz; toda a minha família me acompanhava: agora vou só e escondida.

Essa onda brava de febre amarela começou em 1849 no Rio de Janeiro e durou até setembro do ano seguinte, deixando mais da metade da população de 166 mil habitantes infectada e causando mais de 4 mil mortes.

– E que é feito de tua família?

– Lembra-se da **febre amarela em 1850**?

– Não estava aqui.

– É verdade! Foi um ano terrível. Meu pai, minha mãe, meus manos, todos caíram doentes: só havia em pé minha tia e eu. Uma vizinha que viera acudir-nos, adoecera à noite e não amanheceu. Ninguém mais se animou a fazer-nos companhia. Estávamos na **penúria**: algum dinheiro que nos tinham emprestado mal chegara para a **botica**. O médico que nos fazia a esmola de tratar, **dera** uma queda de cavalo e es-

Penúria: miséria, pobreza.

Botica: farmácia.

"Dera" vem do verbo "dar", que aqui significa "sofrer".

tava mal. Para cúmulo de desespero, minha tia uma manhã não se pôde erguer da cama; estava também com a febre. Fiquei só! Uma menina de catorze anos para tratar de seis doentes graves, e achar recursos onde os não havia. Não sei como não enlouqueci.

Lúcia apertou a cabeça com as mãos, como se ainda temera que a razão lhe fugisse.

– Tudo quanto era possível, meu Deus, sinto que o fiz. Já não dormia; sustentava-me com uma xícara de café. Nalgum momento de repouso ia à porta e pedia aos que passavam. Pedia para meu pai enfermo, e para minha mãe moribunda, não tinha vexame. Uma tarde perdi a coragem; meu irmão estava na agonia, minha mãe despedira-se de mim, e Ana, minha irmãzinha, que eu tinha criado e amava como minha filha, já **não dava acordo de si**. Passou um vizinho. Falei-lhe; ele me consolou, e disse-me que o acompanhasse à sua casa. A inocência e a dor me cegavam: acompanhei-o.

Não dar acordo de si signifca estar inconsciente.

Lúcia fez um esforço para continuar:

– Esse homem era o Couto...

– Ah!

– Ele tirou do bolso algumas moedas de ouro, sobre as quais me precipitei, pedindo-lhe de joelho que mas desse para salvar minha mãe; mas senti os seus lábios que me tocavam, e fugi. Oh! Não posso contar-lhe que luta foi a minha: três vezes corri espavorida até à casa, e diante daquela agonia sentia renascer a coragem, e voltava. Não sabia o que queria esse homem; ignorava então o que é a honra e a virtude da mulher: o que se revoltava em mim era o pudor ofendido. Desde que os meus véus se despedaçaram, cuidei que morria; não senti nada mais, nada, senão o contato frio das moedas de ouro que eu cerrava na minha mão crispada. O meu pensamento estava junto do leito de dor, onde gemia tudo que eu amava neste mundo.

Lúcia escondeu o rosto nos meus joelhos, e emudeceu. Quando levantou a fronte, implorava com as mãos juntas e o olhar **súplice**. O quê? O perdão de sua primeira falta?

Súplice: suplicante, requerente.

Não sei. Faltaram-me as palavras para consolar dor tão profunda: beijei Lúcia na face.

– Obrigada! exclamou ela: obrigada! Alguma cousa me diz que mereço este consolo. Terei forças para concluir. O dinheiro ganho com a minha vergonha salvou a vida de meu pai e trouxe-nos um raio de esperança. Quase que não me lembrava do que se tinha passado entre mim e aquele homem; a consciência de me ter sacrificado por aqueles que eu adorava, fazia-me forte. Demais, um esquecimento profundo, só explicável pela alheação completa do espírito, ocultava-me a triste verdade. Devia compreendê-la, e de que modo, ó meu Deus!

Como impelida por um choque elétrico, Lúcia ergueu-se **galvanizada** por súbita e violenta recordação.

Galvanizado: arrebatado, inflamado.

– Ainda vejo! As melhoras foram aparentes! Meus dous irmãos acabavam de expirar, minha tia entrava na agonia, minha mãe tivera um novo acesso. Felizmente já meu pai estava em convalescença, e saiu para tratar do enterro. Ele não tinha dinheiro, apresentei-lhe as últimas moedas de ouro que me restavam. "Quem te deu este dinheiro?... Roubaste?..." Contei-lhe tudo: tudo que eu sabia na minha inocência. Ele compreendeu o resto. Expulsou-me!

– A ti que lhe salvaste a vida?

– Meu pai julgava que eu tinha um amante e iria viver com ele! A não ser assim, exporia sua filha a morrer de fome? Saí de casa. O único ente que me sorriu e me abraçou por despedida foi o anjinho que Deus me dera por irmã e conforto. Sentei-me na calçada. Era bastante tarde já, quando uma mulher que se recolhia me perguntou o que fazia ali àquelas horas. “Perdi meu pai e minha mãe, respondi, não tenho onde viver.” Jesuína... Era ela... levou-me consigo. Não me esqueci dos meus. À força de rogos e instâncias Jesuína mandava constantemente à casa saber notícias e levar os socorros necessários: nada faltou, nem médico, nem enfermeiros. A paz voltou enfim; e eu tive o supremo alívio de comprar com a minha desgraça a vida de meus pais e de minha irmã. Jesuína, o senhor adivinha o que foi ela, tinha posto um preço aos seus serviços; não sei se a primeira humilhação custou mais do que a segunda; mas o sacrifício devia se consumar, porque não tive mão que me amparasse. A minha felicidade estava destruída; cuidei que não havia maior infâmia do que a minha. Resolvi viver para tranquilidade e ventura de uma família inocente da minha culpa. Quinze dias depois de expulsa por meu pai era... o que fui.

O sorriso pálido, que contraiu o rosto de Lúcia, parecia despedaçar-lhe a alma nos lábios:

– Sabe agora o segredo da cupidez e avareza de que me acusavam. Encontram-se no Rio de Janeiro homens como o Jacinto, que vivem da prostituição das mulheres pobres e da devassidão dos homens ricos; por intermédio deles vendia quanto me davam de algum valor. Todo esse dinheiro adquirido com a minha infâmia era destinado a socorrer meu pai, e a fazer um **dote** para Ana. Jesuína continuava a servir-me. Minha família vivia tranquila, e seria feliz se a lembrança do meu erro não a perseguisse. Nisto uma moça quase de minha idade veio morar comigo; a semelhança de nossos destinos fez-nos amigas; porém Deus quis que eu carregasse só a minha cruz. Lúcia morreu **tísica**; quando veio o médico passar o atestado, troquei os

O dote era uma tradição em que a família da noiva dava ao noivo uma grana, propriedades etc.

De origem grega, a palavra “tísica” significa “definhar” e era usada para uma série de doenças nas quais a pessoa ia emagrecendo, perdendo as forças até morrer. Mais tarde, ela virou sinônimo de tuberculose, que, aliás, também era chamada de consunção, peste branca e mal do peito. Essa doença ainda hoje faz muito estrago aqui e no resto do mundo, mas no século XIX era muito pior.

nossos nomes. Meu pai leu no jornal o óbito de sua filha; e muitas vezes o encontrei junto dessa sepultura onde ele ia rezar por mim, e eu pela única amiga que tive neste mundo.

"Morri pois para o mundo e para minha família. Foi então que aceitei agradecida o oferecimento que me fizeram de levar-me à Europa. Um ano de ausência devia quebrar os últimos laços que me prendiam. Meus pais choravam sua filha morta; mas já não se envergonhavam de sua filha prostituída. Eles tinham-me perdoado. Quando voltei, só restava de minha família uma irmã, Ana, meu anjo da guarda. Está num colégio educando-se.

"Eis a minha vida. O que se passava em mim é difícil de compreender, e mais difícil de confessar. Eu tinha-me vendido a todos os caprichos e extravagâncias; deixara-me arrastar ao mais profundo abismo da depravação; contudo, quando entrava em mim, na solidão de minha vida íntima, sentia que eu não era uma cortesã como aquelas que me cercavam. Os homens que chamavam meus amantes valiam menos para mim do que um animal; às vezes tinha-lhes asco e nojo. Ficaram gravados no meu coração certos germens de virtude. . Essa palavra é uma profanação nos meus lábios, mas não sei outra. Havia no meu coração germens de virtude, que eu não podia arrancar, e que ainda nos excessos do vício não me deixavam cometer uma ação vil. Vendia-me, mas francamente e de boa-fé; aceitava a prodigalidade do rico; nunca a ruína e a miséria de uma família.

"Aquele esquecimento profundo, aquela alheação absoluta do espírito, que eu sentira da primeira vez, continuou sempre. Era a tal ponto que depois não me lembrava de cousa alguma; fazia-se como que uma interrupção, um vácuo na minha vida. No momento em que uma palavra me chamava ao meu papel, insensivelmente, pela força do hábito, eu me esquivava, separava-me de mim mesma, e fugia deixando no meu lugar outra mulher, a cortesã sem pudor e sem consciência, que eu desprezava, como uma cousa sórdida e **abjeta**.

Abjeto: indigno, vergonhoso.

"Mas horrível era quando nos braços de um homem este corpo sem alma despertava pelos sentidos. Oh! Ninguém pode imaginar! Queria resistir e não podia! Queria matar-me

Trucidar: assassinar, massacrar.

Lacrimoso: choroso, lastimoso.

trucidando a carne rebelde! Tinha instintos de fera! Era uma raiva e desespero, que me davam ímpetos de estrangular o meu algoz. Passado esse suplício restava uma vaga sensação de dor, e um rancor profundo pelo ente miserável que me arrancara o prazer das entranhas convulsas!"

Comovida e **lacrimosa**, ela atirou-se ao meu peito, e enlaçou-me com os braços trêmulos:

– Perdão! Houve um momento bem rápido em que o odiei também! Como sofri, meu Deus! Devia resgatar pela dor a felicidade que pela dor havia perdido!

Lúcia concluindo essa narração, que a fatigara em extremo, enxugou as lágrimas e deu algumas voltas pela sala.

– Se eu ainda tivesse junto de mim todos os entes queridos que perdi, disse-me com lentidão, veria morrerem um a um diante de meus olhos, e não os salvaria por tal preço. Tive força para sacrificar-lhes outrora o meu corpo virgem; hoje depois de cinco anos de infâmia, sinto que não teria a coragem de profanar a castidade de minha alma. Não sei o que sou, sei que começo a viver, que ressuscitei agora. Ainda duvidará de mim?

– Tu és um anjo, minha Lúcia!

XX

Às cinco horas da manhã estava de pé, vestindo-me para ir buscar Lúcia.

Na véspera ao despedir-se de mim ela me dissera:

– Amanhã mudo-me. Venha-me buscar ao romper do dia. Desejo... careço de entrar apoiada ao seu braço na casa onde vou viver a minha nova existência.

Achei-a pronta e esperando-me: os vestígios da comoção violenta que haviam produzido as amargas recordações, desapareciam sob a plácida serenidade que reslumbrava de sua alma, e dava à sua beleza uma suave limpidez.

Partimos a pé, com a fresca da manhã; fizemos um dos mais belos passeios de que se pode gozar no Rio de Janeiro. A casa ainda estava fechada: o preto que a guardava veio abrir-nos o portão: corremos o jardim colhendo flores, enquanto se arejavam as salas para receber-nos. Os cômodos eram suficientes para duas pessoas; Lúcia devia morar com sua irmã, que ia sair do colégio.

Apesar da revelação da véspera, continuava a dar a Lúcia esse doce nome, que estava tão habituado a pronunciar. Uma vez porém ela olhou-me com uma expressão de mágoa:

– Paulo, disse-me com brandura, chama-me Maria!

Desde então quando eu pronunciava esse nome, sua alma tinha enlevos, e ela acompanhava o movimento de meus lábios estremecendo de gozo, como se todo o seu corpo sentisse uma doce carícia.

– Quando me chamas assim, Paulo, murmurava ela, parece-me que tu me **embebes** e me afagas num só e imenso beijo que me envolve toda.

Também a partir daquele momento ela sentia um prazer indizível em articular o meu nome, que seus lábios às vezes desfolhavam num sorriso, e outras **debulhavam** lentamente, letra por letra, como um favo de mel, que estilassem gota a gota. Nunca Lúcia: quero chamá-la assim ainda, porque foi esse o primeiro nome que amei, e que ainda amo; nunca Lúcia deixara o tratamento cerimonioso que me dava, mesmo no mais íntimo das nossas relações. Nesse dia porém, de repente, sem vexame e sem o menor esforço, começou a **atuar**-me.

Almoçamos, como os pastores de **Teócrito**, frutas, pão, e leite cru: ainda não havia preparos de cozinha, nem fogo. Por volta de onze horas do dia, chegou a criada, com uma menina de doze anos, linda e mimosa como um anjinho de Rafael. Era o retrato de Lúcia, com a única diferença de ter uns longes de louro cinzento nos cabelos anelados. Ana já conhecia a irmã e a amava ignorando os laços de sangue que existiam entre ambas; mas o instinto de seu coração fizera adivinhar à pobre órfã um amor quase materno na afeição ardente e apaixonada que lhe **votava** Lúcia.

Às seis horas da tarde deixei as duas irmãs já definitivamente instaladas no seu modesto retiro.

Continuei a visitá-las todos os dias, mas ao cair do dia. Fora Lúcia quem regulara estas visitas.

– Tens agora o teu escritório, e eu preciso trabalhar para viver; além disso quero ensinar a Ana o pouco que sei. Não podemos estar todo o dia juntos. Vem ver-me à tarde, à **hora de ave-maria**. Passaremos as noites no jardim, ou

Embeber, aqui, é arrebatar, enlevar.

Debulhar: desfazer, desmanchar.

Atuar é tratar por "tu". Na época, o "vós" era o jeito formal de tratar as pessoas e o "tu" era um sinal de intimidade, amizade.

O grego Teócrito (310 a.C.-250 a.C.) é considerado o primeiro poeta a escrever sobre a vida rural.

Votar: dedicar, devotar.

Na tradição católica, às seis da tarde é hora de rezar uma ave-maria, oração dedicada à mãe de Jesus.

passeando. No domingo porém jantarás sempre comigo; se não vieres, sei que não terei fome.

Quando a noite estava bonita, íamos os três até a *Caixa d'Água*, ou até os ***Dous Irmãos***, gozar da frescura das árvores e da água corrente. Lúcia reclinava-se ao meu braço, e eu dava a outra mão livre a Ana. Assim caminhávamos, quase sempre mudos e silenciosos, contemplando a beleza das cenas que se desenrolavam aos nossos olhos, ou absorvidos em nossos pensamentos íntimos. Quando Ana soltava a minha mão para correr diante de nós com a inquieta travessura de sua idade, Lúcia erguia-se na ponta dos pés, e suspirava-me ao ouvido alguma palavra terna, alguma doce confidência de sua alma.

– Sou feliz! dizia-me uma noite, muito feliz! Deus se **compadeceu** de mim dando-me essa força de vontade que me faz separar de minha vida o tempo em que não vivi. Ele me aparece como um sonho, como uma nuvem sombria que se vai sumindo.

Outras noites nos sentávamos sobre as pedras do caminho, e eu, respondendo às perguntas de Ana, falava-lhe da natureza, das flores, das árvores, das estrelas, com o entusiasmo e a poesia que as belas criações de Deus despertam em nossa alma.

– Fala ainda! balbuciava Lúcia ao meu ouvido, quando me calava. Fala! É tão bom ouvir-te.

Era unicamente aos domingos que eu tinha um momento de estar só com Lúcia. Então ela tomava-me a cabeça que escondia no seio com um **anelo** de ternura: fechava-me os olhos, e eu sentia os seus lábios roçarem o meu rosto, tão de leve como as tranças de seus cabelos; por fim olhava-me, ora sorrindo, ora séria e absorvida nos seus pensamentos.

– Isto não pode durar muito! É impossível! murmurava como se respondesse a uma reflexão íntima.

– Por que razão, Maria?

– Por quê? Porque não se goza da **bem-aventurança** na terra.

À exceção desses raros instantes, sua irmã não nos deixava, e em presença dela Lúcia não me permitia uma carícia,

g O morro carioca Dois Irmãos tem 539 metros de altura e ganhou esse nome por, lá no topo, se dividir em dois.

Compadecer: apiedar-se, condoer-se.

Anelo: anseio, aspiração.

t Bem-aventurança significa felicidade total.

Folguedo: divertimento, brincadeira.

Décima urbana é o nome completo e foi o primeiro IPTU do Brasil.

Pejar: vexar, envergonhar.

Bagatela: mixaria, ninharia.

Equidade: justiça, direito.

por mais inocente que fosse. O dia se passava ouvindo Ana tocar, vendo-a brincar, e brincando com ela. Éramos três crianças; e delas talvez a mais moça fosse a que mais juízo tivesse naqueles alegres **folguedos**.

Uma tarde, havia poucos instantes que eu tinha chegado, quando Lúcia tomou-me pela mão, e levou-me ao seu toucador.

– Não entendo de negócios, me disse abrindo uma gaveta; e não sei pedir senão a ti. Toma; é a escritura de compra desta casa, que pertence a Ana: há de ser preciso pagar **décima**. Tira do dinheiro destes vales; do resto comprarás apólices em nome dela.

Examinei os papéis que Lúcia me dera; representavam um valor de mais de cinquenta contos de réis; dez no prédio, o resto em dinheiro.

– E tu com que ficas? Longe de mim censurar a tua generosidade, minha boa Maria; mas não é justo que te sujeites a passar privações.

– Eu também tenho a minha fortuna! disse-me sorrindo.

Mostrou-me uma carteira, que eu lhe tinha dado.

– Queres ver? Olha! Foste tu que ma deste, Paulo! Guardei-a para o tempo em que fosse digna dela. Quando eu te agradecia então, nem suspeitavas que te agradecia pelo futuro, por este tempo em que não me **peja**, ao contrário tenho orgulho, de viver por ti e para ti.

A carteira continha pequenos maços de notas, com o algarismo e uma data escrita no rótulo.

– Não sei o que quer dizer isto!

– Não te lembras, quando ias à gavetinha do meu toucador? Aí está o que me davas, dia por dia. Compreendes agora?

– Mas isto é uma **bagatela**; não é uma fortuna!

– Chega-me; demais, eu trabalho, e quando alguma vez precisar, não terei vergonha de pedir-te. Verás.

– O que me parece de **equidade** é dividires esta soma com tua irmã, e guardares o resto. Ela pode casar, seguir seu marido... Quem sabe o que sucederá?

– Tudo quanto quiseres, Paulo, menos isso. Não tenho outra vontade que não seja a tua, mas estou certa que me hás de compreender, e consentir. O que me custou tantas angústias, e tantas humilhações, não me pode pertencer, não. Só uma cousa justifica essa fortuna, é o motivo santo por que me vendi para adquiri-la. Ana pode gozar dela sem remorso e sem vexame, porque não saberá donde lhe vem: a mim amargaria o pão amassado com tanto fel! Não achas que eu tenho razão?

– Maria, meu anjo, não fales nisso mais nunca! Faze o que quiseres; eu aprovo tudo.

– Deixa-me acabar. Agora só vivo, e só quero viver do que me deste; porque a minha coragem, o meu trabalho, tudo é inspiração tua. O dinheiro pois que ganhar com minhas mãos, ainda me vem de ti! Não possuo hoje um objeto, a cousa mais insignificante, que tenha outra origem. É talvez uma superstição; mas quero conservá-la.

Ao despedir-me nessa noite Lúcia, como para dar-me uma prova da sua sinceridade, disse-me:

– Paulo, traz-me amanhã quando vieres uma caixinha sortida de linhas e agulhas.

Era uma ninharia; mas era a primeira cousa de valor **pecuniário** que ela me pedia.

Essa vida calma e tranquila, remanso de uma existência tão agitada, durava cerca de um mês. Nada perturbava a serenidade de Lúcia. Parecia realmente que sua alma cândida, muito tempo adormecida na **crisálide**, acordara por fim, e continuara a mocidade interrompida por um longo e profundo letargo. Lúcia tinha então dezenove anos; mas o seu coração puro e virgem tinha apenas a idade do botão de rosa na manhã do dia em que deve florescer; ou a idade do casulo quando a ninfa vai **fendê**-lo, desfraldando as tenras asas.

Como as aves de arribação, que tornando ao ninho abandonado, trazem ainda nas asas o aroma das árvores exóticas em que pousaram nas remotas regiões, Lúcia conservava do mundo a elegância e a distinção, que se tinham por assim dizer impresso e gravado na sua pessoa. Fora disto, ninguém diria que essa moça vivera algum tempo numa sociedade livre. As suas ideias tinham a ingenuidade dos quinze anos; e às vezes ela me

Pecuniário é algo que tem a ver com dinheiro.

A crisálide, ou crisálida, é a fase em que a borboleta está no casulo e em que ela é chamada de ninfa.

Fender: rachar, rasgar.

parecia mais infantil, mais inocente do que Ana com toda a sua pureza e ignorância.

Talvez a senhora julgue isso impossível; mas é a verdade. Se não fosse a originalidade dessa fase de uma vida que em quatro meses passara aos meus olhos por tão profunda revolução, não teria nada que lhe contar, e não valeria a pena revolver o rescaldo de minhas reminiscências.

Quis pintar-lhe o que vi; a incubação de uma alma violentamente comprimida por uma terrível catástrofe; a vegetação de um corpo vivendo apenas pela força da matéria e do instinto; a revelação súbita da sensibilidade embotada pelos choques violentos que partiram o estame de uma infância feliz; a floração tardia do coração confrangido pelo escárnio e pelo desprezo; finalmente a energia e o vigor do espírito que surgia, soldando por misteriosa coesão os elos partidos da vida moral, e continuando no futuro a adolescência truncada.

Quantas vezes absorto na admiração que me causava esse fenômeno, não acompanhava com um olhar pasmo e surpreso os movimentos de Lúcia brincando com a irmã, e criança como ela na expansão da beleza que eu vira radiar no mundo com todas as graças e encantos da mulher! Quantas vezes desesperado pela naturalidade do seu gesto, e pela ingênua simplicidade de suas palavras, que excluíam a mais leve suspeita de afetação, não pensava comigo: "Esta mulher ou é um demônio de malícia, ou um anjo que passou pelo mundo sem roçar as suas asas brancas!".

Se ela surpreendia o meu olhar perscrutador, sorria, e caminhando para mim, movia lentamente a cabeça:

– Não compreendes, Paulo? Também eu não compreendo. Quem me fez menina assim?... Devo-te parecer ridícula. Eu que desejo ter para Ana a gravidade de mãe, torno-me mais travessa do que ela. Mas que queres? É preciso que eu brinque... como as cigarras hão de cantar daqui a um ano quando acordarem!

O jardim da casa de Lúcia era dividido, por um gradil de madeira, da chácara vizinha. Isso a desgostara desde o primeiro dia; e era sua intenção fazer passar um muro que ocultasse às vistas estranhas o seu modesto retiro: um sentimento de delicadeza retardara só a realização desse projeto. As moças daquela chácara tinham pouco depois de sua mudança procurado entreter relações de vizinhança; e quase todas as tardes vinham conversar com Ana.

Lúcia quis logo impedir essa amizade, mas não teve animo de privar sua irmã de tão inocente distração; contentou-se de sua parte em se esquivar aos avanços das vizinhas, retribuindo com polidez as suas saudações. As instâncias porém foram tão repetidas e tão amáveis, que, apesar de sua modesta reserva, Lúcia não pôde deixar algumas vezes de responder às palavras que lhe dirigiam. Demais, elas tinham achado o caminho de seu coração; com uma liberdade censurável começaram a pedir-lhe pequenos favores: hoje era a muda de uma flor, amanhã o molde de um vestido, depois o desenho de um bordado. Lúcia, que não aceitava cousa alguma do mundo, não sabia recusar um serviço.

Uma tarde ela estava conversando comigo, quando Ana veio pedir-lhe em nome da mais moça das vizinhas, sua predileta, que lhe fosse ensinar um ponto de *crochet*.

– Tu não sabes, Ana?

– Mas não sei como tu, maninha.

Lúcia aproximou-se do gradil: tomou das mãos da moça o fio e a agulha e teceu com agilidade e destreza uma carreira de malhas, acompanhando o movimento rápido de seus dedos afilados com as explicações precisas. Como isto não bastasse tirou do braço uma pulseira de contas tecida por ela, e deu-a para servir de modelo.

Nessa ocasião adiantavam-se por entre as árvores as outras moças acompanhadas de um homem, cujo rosto não pude ver logo por entre a folhagem. Lúcia, atenta aos esforços que fazia sua **discípula** para acertar, não reparou nessa circunstância.

Discípulo: aluno, aprendiz.

O grupo parou a alguma distância: eu reconheci o Couto no momento em que se adiantava com um movimento de espanto. Corri para fazer Lúcia retirar-se antes de vê-lo; mas estava distante, e quando cheguei já a mais velha das moças se tinha aproximado, e arrancando a pulseira das mãos de sua irmã atirou-a por cima da grade:

– Não toques em cousa que pertença a esta mulher! É uma perdida!

Lúcia tinha erguido a cabeça no primeiro instante de surpresa; nada porém perturbava a serenidade e quietude de seu rosto iluminado por uma doce altivez; circulou com um olhar límpido os atores desta cena, como se lhes pedisse a explicação do desagradável incidente; e tomando Ana pela mão e passando o braço pelo meu, afastou-se com uma dignidade meiga e nobre.

Contudo pensei que esse sossego era aparente, e que sua alma devia ter sido **traspassada** por aquele ultraje. Ela respondeu à interrogação muda do meu olhar murmurando-me ao ouvido para que sua irmã não a ouvisse:

Traspassado: perfurado, atravessado.

– Elas não sabem, como tu, que eu tenho outra virgindade, a virgindade do coração! Perdoa-lhes, Paulo.

E o sorriso, que banhou estas palavras como de uma luz divina, parecia abrir o céu aos **arroubos** de sua alma.

Arroubo: enlevo, encanto.

XXI

Era um domingo.

O novo ano tinha começado. A bonança que sucedera às grandes chuvas trouxera um dos sorrisos de primavera, como costumam desabrochar no Rio de Janeiro dentre as fortes trovoadas do estio. As árvores cobriam-se da nova folhagem de um verde tenro; o campo aveludava a macia pelúcia da relva; e os frutos dos cajueiros se douravam aos raios do sol.

Uma brisa ligeira, ainda impregnada das evaporações das águas, refrescava a atmosfera. Os lábios aspiravam com delícias o sabor desses puros bafejos, que lavavam os pulmões fatigados de uma respiração árida e **miasmática**. Os olhos se recreavam na festa campestre e matutina da natureza fluminense, da qual as belezas de todos os climas são convivas.

"Miasma" é uma palavra grega que significa impureza ou mancha. O pessoal pegou esse termo para batizar o mau cheiro que surgia de gente ou bicho doente, de uns lugares com água parada, do lixo, de coisas em decomposição. Eles achavam que eram os ares fedidos que causavam epidemias de doenças. Esta é a teoria miasmática.

Subia a passo curto e repousado a ladeira de Santa Teresa, calculando a hora de minha chegada pelo despertar de Lúcia; o meu pensamento porém abria as asas, e precedendo-me, ia saudar a minha doce e terna amiga.

Havia oito dias que Lúcia não andava boa. A fresca e vivace expansão de saúde desaparecera sob uma langue morbidez que a desfalecia; o seu sorriso, sempre angélico, tinha uns laivos melancólicos, que me **penavam**. Às vezes a surpreendia fitando em mim um olhar ardente e longo; então ela voltava o rosto de confusa, enrubescendo. Tudo isto me inquietava: atribuindo a sua mudança a algum pesar oculto a tinha interrogado, suplicando-lhe que me confiasse as mágoas que a afligiam.

Penar é fazer sentir pena.

– Não digas isso, Paulo! respondia com um tom de queixa. Posso ter pesares junto de ti? É uma ligeira indisposição: há de passar.

De bem longe avistei Lúcia que me esperava, e me fez um aceno de impaciência: apressei o passo para alcançar o portão do jardim. Ela estendeu-me as mãos ambas risonha e atraindo-me, reclinou-se sobre o meu peito com um gracioso abandono. Sentamo-nos nos degraus da pequena escada de pedra, e informei-me de sua saúde.

– Já estou boa. Não vês?

Realmente as rosas de suas faces viçavam; era cintilante o brilho que desferia a sua pupila negra. Pelos lábios úmidos **lentejava** a onda perene de um sorriso, que orvalhava-lhe o semblante de luz e graça.

Lentejar: umedecer, umidificar.

– Ainda bem! Já me habituaste a só achar bonito aquilo que vejo através do teu mimoso sorriso. Agora é que eu começo a gozar desta linda manhã.

Trocamos ainda algumas palavras.

De repente Lúcia atirou-se a mim. Com uma arrebatada veemência esmagou na minha boca os lábios **túrgidos**, como se os prurisse fome de beijos que a devorava. Mas desprendeu-se logo dos meus braços, e fugiu veloz, ardendo em rubor, sorvendo num soluço o seu último beijo.

Túrgido: cheio, inchado.

Fugiu, e ao passar fechou a porta que comunicava com o interior.

Contrariado por este obstáculo, consolei a minha impaciência com o sabor da esperança que se insinuara no meu coração. A fúria amorosa dos primeiros tempos, recalcada por uma força misteriosa, despertava. Outra vez a febre voluptuosa nos arrebataria para abrir-nos a mansão do prazer e dos mágicos deleites.

A minha esperança afagava-me tanto mais risonha, quanto desde o momento cruel em que vira Lúcia quase morta nos meus braços, nunca mais a ponta mimosa do seu lábio roçara sequer pelo meu, ávido de carícias. O seu beijo quase de irmã apenas de longe em longe bafejava-me a fronte; e isso mesmo depois de ter-me cerrado as pálpebras com a mão, para que eu não visse arder o lacre de suas faces.

A porta abriu-se enfim.

Lúcia apareceu trazendo a irmã pela mão. Sua fisionomia e atitude reslumbravam já a casta serenidade, que obrigava quantos a cercavam agora, a uma doce e terna veneração. Procurei debalde, sob essa calma aparência, um vestígio das emoções recentes; a tranquilidade vinha do íntimo, exalava dos seios d'alma, e difundia-se brandamente por toda a sua pessoa. Julgaria que nada tinha passado, se as lágrimas já **estanques** não houvessem **empanado** a habitual limpidez de seu olhar.

Estanque: estancado, interrompido.

Empanado: embaçado, encoberto.

Ana adiantou-se para mim, e dando-me a mão como costumava, apresentou rubescente a fronte pura e angélica. Admirado não sabia o que fizesse, quando por cima da loura cabeça da menina vi o gesto imperativo de Lúcia. Toquei com os lábios a raiz daqueles cabelos sedosos que ondulavam com o sopro de minha respiração. Ana teve um estremecimento íntimo; e banhou-se na onda de púrpura que descendo-lhe da fronte derramou-se pelas espáduas, roseando a branca escumilha.

– É assim que se deve dizer adeus quando se quer bem! exclamou Lúcia abraçando a irmã.

Partimos para a missa, como de costume. Lúcia e a irmã com os braços enlaçados, eu a alguma distância, passando por desconhecidos que seguiam o mesmo caminho. Mas de longe mesmo, um olhar rápido trocado **a furto**, um gesto imperceptível, nos aproximava um do outro no meio da multidão.

A furto é de maneira escondida.

Ambas trajavam de preto, com véus espessos: elas sentiam quanto é tocante o uso de só penetrar na casa de Deus ocultando a beleza sob a gala triste e grave, que prepara o espírito para o santo **recolho**.

Recolho: recolhimento, concentração.

De volta da missa, tomaram de novo as suas alvas roupas de cassa, e vieram sentar-se junto de mim; porém Lúcia, que costumava ficar entre nós, trocou o lugar com a irmã. Toda a nossa vida era tão igual, e sucedia-se com tal regularidade, que essa circunstância não me podia escapar.

Apesar da separação, eu que não tinha de todo perdido a minha **fagueira** esperança, aproveitava o momento em que a menina voltava o rosto para suplicar Lúcia com um gesto; ela respondeu com um olhar de tão fria severidade que gelou-me.

Fagueiro: terno, carinhoso.

– Ana, vai mandar deitar o almoço. Paulo hoje acordou muito cedo!

Acompanhou com os olhos a irmã até que ela desapareceu no fundo do corredor; e voltou-se para mim séria e recolhida:

– Foi uma loucura! Esqueçamos esse momento, Paulo.

– Se tivesses verdadeira afeição a teu amigo, Maria, não o tratarias com tanta severidade!

– Paulo! Paulo!... Tu bem sabes que com esta palavra me farias cometer crimes, se crimes fossem necessários para te provar que eu só vivo da vida que me dás, e me podes tirar com um sopro. Não sou eu criatura tua? Não renasci pela luz que derramaste em minha alma? Não és meu senhor, meu artista, meu pai e meu criador?

Fez-me um gesto para que não a interrompesse.

– Tu podes me fazer voltar à treva de que me arrancaste; podes estancar as fontes de minha existência que manam de tua alma; e não me hás de ouvir uma só queixa. A dor, como a alegria, serão sempre benditas, porque virão de ti. Mas, Paulo, a súplica do humilde não ofende. Deus a permite e **exalça**. Não me retires a graça e a bênção que me deste! Salva-me, Paulo! Salva-me de ti. Salva-me de mim mesma!...

Exalçar: celebrar, enaltecer.

Deixou-se cair a meus pés, e sua voz espedaçou-se num grito pungente:

Exaltar: dignificar, engrandecer.

– De mim que não terei forças para resistir, se a tua coragem me não **exaltar**.

Ergui-a, fazendo-a sentar nos meus joelhos. Ela deixou-se atrair, com meiga confiança. Seu instinto sutil lhe dizia que não devia temer naquele momento; adivinhava o respeito e a emoção de que minha alma a envolvia, santificando-a.

– Maria, minha amiga, sossega! Se for preciso eu terei força por nós ambos. Perdoa-me, porque te ofendi; não soube resistir. Não sucederá mais nunca, eu te prometo! Recobra o teu sorriso celeste, que me purifica!

Lúcia sorriu; nesse sorriso banhou-se minha alma, e eu a senti melhor e mais pura.

– Tu és bom, como Deus, que me deu a ti, Paulo, para não esperdiçar as sobras de tua alma. Tu deves ler dentro de mim, e compreender o que eu não sei dizer, o que não sei nem mesmo pensar. A vida como tu ma fizeste é a bem-aventurança, porque vivo já no céu. Entre nós ambos nada existe; tu me absorves em ti, somos um: em torno de nós só Deus que nos protege, que nos une, e envolve-nos com um único de seus olhares. Tu, Paulo, tu podes tocar a terra sem quebrar essa coesão de nossas almas; porque sou uma cousa tua, uma porção de teu ser; porque te pertenço e te sigo fatalmente; porque na terra, como no céu, longe, ou perto, vivo da tua vida. Mas tua Maria, o reflexo de tua luz e a flor de tua seiva, se ela caísse no pó, se desprenderia de ti para sempre... Como aqueles a quem o Senhor abandona na hora extrema! Compreendes, Paulo, compreendes!

Aqui, "falecer" significa "falhar".

Respondi apenas com o olhar; a voz me **falecia**, tanto aquelas palavras tocantes de Lúcia me comoviam.

– Se estivesses junto de mim durante aquela eternidade de vinte dias em que me deixaste só com a minha consciência, verias que martírio foi o meu, quando eu queria erguer-me do abismo para abrigar-me e esconder-me em ti; mas sentia a tua própria mão que me repelia e precipitava de novo! Verias também no meu rosto quanto horror me causava a só ideia de que eu talvez trouxesse já nas entranhas o verme que me devia roer as vísceras. Que importa que esse verme fosse gerado do teu e do meu sangue? Ele me arrancaria uma porção deste espírito que é teu, e criaria uma vida nova nesta carne que já morreu, e não pode ressuscitar para sentimento algum!

Ana veio chamar-nos para almoçar.

Saindo da mesa, dávamos habitualmente algumas voltas pelo jardim: elas colhendo flores para os vasos, eu fumando o meu charuto. Às dez horas pouco mais ou menos entrávamos. Lúcia levava-nos então para o seu toucador bem pobre e bem modesto, mas ainda assim encantador, como tudo que essa mulher tocava com as pontas de seus dedos de fada, ou bafejava com o seu hálito celeste.

Então Lúcia ocupava-se em anelar os cabelos louros da irmã, e a toucá-la com tanto esmero como se a preparasse para alguma festa esplêndida; essa festa era a nossa intimidade, que Ana alegrava com o seu sorriso e inocência. Depois de ter posto a irmã tão bonita, quanto ela caprichava em tornar-se simples, fazia-me admirar aquela formosura infantil, e gozava do prazer que nos fazia sentir. Durante o seu trabalho, eu lia para ambas alguma página de literatura, ou falava sobre um tema agradável.

Nesse dia porém a ordem de nossa comum existência fora perturbada. Lúcia chamou-me para ajudá-la a pentear a irmã: fez-me sentar ao lado; deu-me a segurar um após outro os lindos anéis que se enroscavam entre os seus dedos; e rindo e **folgando** afagava-me o rosto com a nuvem desses cabelos finos e sutis, e obrigava-me a beijar as pontas. O que ela exigiria de mim que eu não fizesse para vê-la feliz do seu desejo satisfeito?

Folgar: brincar, divertir-se.

Às duas horas costumava eu sair e fazer um passeio pelo **encanamento**. Esse caminho estava tão cheio da imagem de Lúcia, que deixando-a em casa um momento, parecia-me que ela me acompanhava, que eu sentia a pressão do seu braço no meu, e a frescura embalsamada do seu hálito na minha face: ao mais leve estremecimento das folhas supunha ouvir o rugir da seda de seu vestido. Trazia do meu passeio alguma flor silvestre, uma borboleta, qualquer cousa, colhida em sua intenção para dizer-lhe que me lembrara dela: eram **relíquias** para o seu coração.

Esse encanamento é a caixa d'água de Santa Teresa.

Quando cheguei, Lúcia estava só no jardim, debaixo de uma espessa e sombria **latada** de maracujás, tão absorvida em sua meditação que não me percebeu.

Relíquia é um objeto precioso, guardado com cuidado.

Latada é uma estrutura de postes e ripas de madeira para se cultivar o pé de maracujá, que é uma trepadeira.

– Onde andava este pensamento tão longe de mim? disse-lhe sentando-me ao lado.

Sobressaltou-se, e abanou a cabeça sorrindo:

– Longe de ti?... Estava fazendo projetos para a nossa felicidade.

– Já não é ela uma realidade, Maria?

– E por isso, porque eu sei o que ela vale, receio que não dure sempre. Tu vives num mundo, Paulo, onde há condições que serás obrigado a aceitar, cedo ou tarde: um dia sentirás a necessidade de criar uma família, e gozar das afeições domésticas.

– Não me casarei nunca!

– Agradeço-te essa palavra; mas recuso o sacrifício. Se a tua bondade por mim não te cegasse neste momento, me darias razão. Há sentimentos e gozos que ainda não sentiste, e só uma esposa casta e pura te pode dar. Por mim te havias de privar de tão santas afeições, como são o amor conjugal e o amor paterno?

– Assim, eram estes os projetos que fazias sobre a nossa felicidade? repliquei com um sorriso amargo. Se essa necessidade de que falas é tão forte que ninguém se pode esquivar a ela, o que eu contesto, nunca pensei que fosses tu quem a lembrasse.

– Escuta-me primeiro, Paulo, meu amigo: depois pune-me se eu merecer, mas não retires de mim o teu olhar. Pensas que essa ideia de que um dia me poderás abandonar por uma mulher a quem deverás consagrar toda a tua vida, não me tortura? Se assim fosse, por que me preocuparia com isto? É porque temo essa desgraça, que refletia no meio único de evitá-la.

– E esse meio?... Qual é ele? Dize-me.

– Ana! respondeu Lúcia timidamente.

Não compreendi.

– Poderias escolher uma noiva rica, de alta posição, porém não acharás alma tão pura, nem mais casto amor.

– Queres casar-me com Ana? Com tua irmã, Maria?

– Quero uni-la ao santo **consórcio** de nossas almas. Formaremos uma só família; os filhos que ela te der serão meus filhos também; as carícias que lhe fizeres, eu as receberei na pessoa dela. Seremos duas para amar-te; uma só para o teu amor. Ela será tua esposa: eu completarei todas as outras afeições de que careces, serei tua irmã, tua filha, tua mãe!

Consórcio: casamento, matrimônio.

– E podes dispor assim dos sentimentos de Ana?

– Era preciso que ela não vivesse comigo, para deixar de amar-te! Já te ama. Não sabes então que o meu pensamento e a minha alegria têm sido formar aquela alma pelo molde da minha?

– Tudo isto é um sonho teu, minha amiga! Vivamos com a realidade; e deixemos vir um futuro que pertence a Deus.

– Por que este sonho não se realizaria, querendo tu? Seria a consagração da minha felicidade. Sim; não há sacrifício de minha parte. Ana te daria os castos prazeres que não posso dar-te; e recebendo-os dela, ainda os receberias de mim. Que podia eu mais desejar neste mundo? Que vida mais doce do que viver da ventura de ambos? Ana se parece comigo; amarias nela minha imagem purificada, beijarias nela os meus lábios virgens; e minha alma entre a sua boca e tua gozaria dos beijos de ambos. Que suprema delícia...

Extático: absorto, pensativo.

Lúcia calou-se de súbito, empalidecendo. Toda a sua pessoa assumiu-se, tomando a expressão vaga e **extática** de quem é absorvido por um recolho íntimo: figurava uma pessoa escutando-se viver interiormente. Até que, ergueu-se espavorida; soltou um gemido pungente levando a mão ao regaço, e caiu fulminada em meus braços.

O abalo interior que sofrera esse corpo delicado fora tão forte, que a cintura do vestido se despedaçara.

Conduzi Lúcia ao seu leito, e só depois de cruéis angústias, tive o consolo de vê-la recobrar os sentidos; mas para cair logo numa prostração, em que, apesar dos meus rogos e instâncias, só a ouvia murmurar surdamente estas palavras incompreensíveis:

– Eu adivinhava que ele me levaria consigo!

– Ele quem, minha boa Maria?

– O teu, o nosso filho! respondeu-me ela.

– Como! Julgas?...

– Senti há pouco o seu primeiro e o seu último movimento!

– Um filho! Mas é um novo laço e mais forte que nos prende um ao outro. Serás mãe, minha querida Maria? Terás mais esse doce sentimento da maternidade para encher-te o coração; terás mais uma criatura com quem repartir a riqueza inexaurível de tua alma!

– Cala-te, Paulo! Ele morreu! disse-me com a voz surda. E fui eu que o matei!

– Para que te afliges assim! Nosso filho vive, há de viver! Não sentiste há pouco o seu primeiro movimento!

Nisto chegou o médico a quem tinha escrito imediatamente, e que depois de examinar o estado de Lúcia, declarou que não inspirava receio. Ela estava ameaçada de um aborto, resultado do choque violento que sofrera, quando conheceu que se achava grávida. O doutor, um dos mais hábeis parteiros da corte, procurou desvanecer os receios de Lúcia, assegurando-lhe que seu filho vivia, e nada ainda fazia recear pela sua vida.

Apenas o médico saiu, ela olhou-me tristemente:

– Era o primeiro! Mas o tato das entranhas maternas, sejam elas virgens ainda, não engana. Nosso filho, Paulo, o teu, porque ele era mais teu do que meu, já não existe.

À noite declarou-se a febre: uma febre intensa que a fez delirar. Foi então que conheci quanto eu vivia no seu pensamento: ela não disse no delírio uma só palavra que não se referisse a mim e a alguma circunstância de nossa vida mútua, desde o primeiro dia em que nos encontramos.

Pela manhã, depois de um sono curto e agitado, achei-a mais tranquila:

– Tu me prometes, Paulo, casar com Ana?

– Não tratemos disso agora, minha amiga! Quando ficares boa, tudo o que tu quiseres eu farei para a tua felicidade.

– Mas essa promessa me daria tanto alívio agora!

– Escuta, Maria, esse casamento nos tornaria infelizes a ti, à tua irmã, e a mim que não poderia amá-la, mesmo por causa dessa semelhança! Tu viverias sempre entre mim e ela!

– Pois bem, promete-me que se ela não for tua mulher, lhe servirás de pai.

– Juro-te!

Beijou-me as mãos:

– Ela vai ter tanta necessidade de um pai!

Os acessos de febre repetiram-se durante três dias, e sempre mais graves. Uma tarde em que o médico apresentou a Lúcia um remédio:

– Para que isso? perguntou ela com brandura.

– Para aliviá-la do seu incômodo. Logo que lançar o aborto ficará inteiramente boa.

– Lançar!... Expelir meu filho de mim?

E o copo que Lúcia sustentava na mão trêmula, impelido com violência, voou pelo aposento e espedaçou-se de encontro à parede.

– Iremos juntos!... murmurou descaindo inerte sobre as almofadas do leito. Sua mãe lhe servirá de túmulo.

De joelhos à cabeceira eu suplicava-lhe que bebesse o remédio que a devia salvar.

– Queres acompanhar teu filho, Maria, e abandonar-me só neste mundo. Vive por mim!

– Se eu pudesse viver, haveria forças que me separassem de ti? Haveria sacrifício que eu não fizesse para comprar mais alguns dias da minha felicidade? Mas Deus não quis. Sinto que a vida me foge!

A instâncias minhas bebeu finalmente o remédio, que nenhum efeito produziu. A febre lavrava com intensidade; eu já não tinha esperanças.

– O remédio de que eu preciso é o da religião. Quero confessar-me, Paulo.

Lúcia tomou os **sacramentos** com uma resignação angélica; e abraçando a irmã, disse-lhe:

– Perdes uma irmã, Ana; fica-te um pai. Ama-o por ele, por ti e por mim.

O dia se passou na cruel agonia que só compreendem aqueles que ajoelhados à borda de um leito viram finar-se gradualmente uma vida querida.

Quebrado de fadiga e vencido por uma vigília de tantas noites, tinha insensivelmente adormecido, sentado como estava à beira da cama, com os lábios sobre a mão gelada de Lúcia e a testa apoiada no recosto do leito. O sono foi curto, povoado de sonhos horríveis; acordei sobressaltado, e achei-me reclinado sobre o peito de Lúcia, que se sentara de encontro às almofadas para suster minha cabeça ao colo, como faria uma terna mãe com seu filho.

Quando os católicos ficam bastante doentes, com tudo indicando que não vão sobreviver, eles fazem uma confissão dos seus pecados, comungam – que é receber a hóstia na boca – e também recebem um óleo nas mãos e no rosto enquanto um padre faz uma reza. Cada uma dessas coisas é um sacramento da Igreja Católica. Ao todo, aliás, são sete os tais sacramentos. Os outros são batismo, crisma (que é uma confirmação de compromisso com a religião que o adolescente faz), casamento e ordenamento (que é quando a pessoa assume, digamos, um cargo na igreja, como padre, bispo etc).

Álgido: gélido, gelado.

No catolicismo, latria é a adoração a Deus, hiperdulia é o culto a Maria e dulia é a dedicação aos santos e anjos.

No catolicismo, ungir é abençoar alguém aplicando um óleo consagrado.

Mesmo adormecido ela me sorria, me falava, e cobria-me de beijos:

– Se soubesses que gozo supremo é para mim beijar-te neste momento! Agora que o corpo já está morto e a carne **álgida** não sente nem a dor nem o prazer, é a minha alma só que te beija, que se une à tua e se desprende parcela por parcela para se embeber em teu seio.

E seus lábios ávidos devoravam-me o rosto de carícias, bebendo o pranto que corria abundante de meus olhos:

– Se alguma cousa me pudesse salvar ainda, seria esse bálsamo celeste, meu amigo!

Eu soluçava como uma criança.

– Beija-me também, Paulo. Beija-me como beijarás um dia tua noiva! Oh! agora posso te confessar sem receio. Nesta hora não se mente. Eu te amei desde o momento em que te vi! Eu te amei por séculos nestes poucos dias que passamos juntos na terra. Agora que a minha vida se conta por instantes, amo-te em cada momento por uma existência inteira. Amo-te ao mesmo tempo com todas as afeições que se pode ter neste mundo. Vou te amar enfim por toda a eternidade.

A voz desfaleceu completamente, de extenuada que ela ficara por esse enérgico esforço. Eu chorava de bruços sobre o travesseiro, e as suas palavras suspiravam docemente em minha alma, como as **dulias** dos anjos devem ressoar aos espíritos celestes.

– Nunca te disse que te amava, Paulo!

– Mas eu sabia, e era feliz!

– Tu me purificaste **ungindo**-me com os teus lábios. Tu me santificaste com o teu primeiro olhar! Nesse momento Deus sorriu e o consórcio de nossas almas se fez no seio do Criador. Fui tua esposa no céu! E contudo essa palavra divina do amor, minha boca não a devia profanar, enquanto viva. Ela será meu último suspiro.

Lúcia pediu-me que abrisse a janela: era noite já, do leito víamos uma zona de azul na qual brilhava límpida e serena a estrela da tarde. Um sorriso pálido desfolhou-se ainda nos lábios sem cor: e sublime êxtase iluminou a suave transparência de seu rosto. A beleza imaterial dos anjos deve ter aquela divina limpidez.

– Recebe-me... Paulo!...

* * *

Terminei ontem este manuscrito, que lhe envio ainda úmido de minhas lágrimas.

Relendo-o, admirei como tivera a coragem de alguma vez no correr desta história deixar a minha pena rir e brincar, quando o meu coração estava ainda cheio da saudade, que sepultou-se nele para sempre.

É porque, repassando na memória essa melhor porção de minha vida, alheio-me tanto do presente que revivo hora por hora aqueles dias de **ventura**, como de primeiro os vivi, ignorando o futuro, e entregue todo às emoções que sentia outrora. Quando eu gracejava, Lúcia estava ainda ao meu lado; ainda eu era feliz da minha lembrada felicidade.

Ventura: sorte, felicidade.

Há seis anos que ela me deixou; mas eu recebi a sua alma, que me acompanhará eternamente. Tenho-a tão viva e presente no meu coração, como se ainda a visse reclinar-se meiga para mim. Há dias no ano e horas no dia que ela sagrou com a sua memória, e lhe pertencem exclusivamente.

Onde quer que eu esteja, a sua alma me reclama e atrai; é forçoso então que ela viva em mim. Há também lugares e objetos onde vagam seus espíritos; não os posso ver sem que o seu amor me envolva como uma luz celeste.

Ana casou-se há dous anos. Vive feliz com seu marido, que a ama como ela merece. É um anjo de bondade; a juventude realçando-lhe as graças infantis aumentou a sua semelhança com a irmã; porém falta-lhe aquela irradiação íntima de fogo divino. Almas como as de Lúcia, Deus não as dá duas vezes à mesma família; nem as cria aos pares; mas isoladas como os grandes astros destinados a esclarecer uma esfera.

Óbolo é uma pequena contribuição.

Cumpri a vontade de minha Lúcia; tenho servido de pai a essa menina; com a sua felicidade paguei um **óbolo** de minha gratidão à doce amiga que tanto amou-me.

Estas páginas foram escritas unicamente para a senhora. Vazei nelas toda a minha alma para lhe transmitir um perfume da mulher sublime, que passou na minha vida como sonho fugace. Creio que não o consegui; por isso fecho aqui alguns fios da trança de cabelos, que cortei no momento de dizer o último adeus à sua imagem querida.

Há nos cabelos da pessoa que se ama não sei que fluido misterioso, que comunica com o nosso espírito. A senhora há de amar Lúcia, tenho a certeza; talvez pois aquela relíquia ainda impregnada de seiva e fragrância da criatura angélica, lhe revele o que eu não pude exprimir.

ILUSTRADORES

Camila Matos
25, 42, 85, 107, 129 e 186.

Evandro Marenda
48, 94,117, 119, 157 e 185.

Leblu
18, 63, 104, 126, 155 e 194.

Loro Verz
27, 51, 84, 115, 145 e 193.

Marcelo Anache
19, 46, 72, 91, 168 e mapa de personagens.

Marina Hauer
16, 33, 67, 78, 133 e 178.

Nicole Bustamante
35, 68, 113, 144, 166 e 191.

Samara Romão
40, 55, 96, 135, 158 e 173.

✔ *Quem é quem no romance de José de Alencar*

Mapa dos personagens

Tipos de relações entre os personagens

- Familiares
- Amorosas
- Amorosas interrompidas
- Gerais e de convivência

Agora que você terminou de ler o livro (nem pense em pular direto para esta página!), relembre os principais personagens e seus momentos marcantes:

- *Em cartas, o pernambucano Paulo [❶] narra à sra. G. M. [❷] seu amor pela mais bela cortesã do Rio de Janeiro.*
- *Dias após chegar à corte, Paulo vai com Sá [❸] à festa da Glória, onde vê uma moça de rosto suave que crê já ter encontrado. Sá diz ser Lúcia [❹], uma cortesã. Quando apresentado à jovem, Paulo se lembra de tê-la visto em seu primeiro dia na cidade.*
- *Paulo visita Lúcia, buscando seus serviços. Mas a jovem parece tão digna que duvida tratar-se de uma prostituta e nada acontece. Sá, porém, confirma a Paulo o que ela é, e o rapaz volta à casa da cortesã e fica com ela.*
- *Sá oferece um jantar. Paulo e Lúcia estão entre os convivas, bem como sr. Couto [❺], sr. Rochinha [❻] e outras cortesãs. A atração da noite é Lúcia, que nua imita poses de quadros sensuais. Não suportando a cena, Paulo sai do salão, sentindo asco e piedade. Na exibição, Lúcia é ofendida pelas outras prostitutas. Em prantos, é acolhida por Paulo, que lhe pede para ser só dele. Eles passam a ter uma relação – Paulo vai quase diariamente à casa de Lúcia, que lhe devota fidelidade.*
- *Paulo vai a uma recepção, onde encontra Sá. Este lhe conta que andam dizendo que Lúcia o sustenta. Nervoso, Paulo fala a Lúcia que não quer mais ser seu único amante, isso mancha sua honra. Magoada, a cortesã aceita.*

- Não muito depois, Paulo volta à casa de Lúcia e a vê pronta para sair com Couto, o que gera mais um desentendimento entre eles. No dia seguinte, o rapaz descobre que Lúcia não ficou com Couto e há uma reconciliação. Porém, a união antes tão carnal muda, Lúcia prefere longas conversas a horas de volúpia.

- Paulo para de ir à casa de Lúcia. Sem aguentar a ausência, ela o procura. Paulo percebe que a moça não o rejeita, apenas não é mais a cortesã que conheceu. E nasce daí uma amizade.

- Paulo encontra Lúcia com Jacinto [7] e, pensando se tratar de um novo amante, briga com ela. Tempos depois, cruza com Jacinto e descobre que ele só estava comprando a casa de Lúcia, que se mudaria para um lugar simples em Santa Teresa. Paulo decide se desculpar. Mesmo ressentida, ela o perdoa e conta a história de sua vida.

- A família de Maria da Glória, nome real de Lúcia, adoece num surto de febre amarela. Para salvá-la, Maria se entrega a Couto por dinheiro, mas é expulsa de casa pelo pai. Jesuína [8] a ajuda, mas a torna prostituta – algo de que se arrepende. Certo dia, Lúcia [9], uma moça tísica, vai morar com Maria. Ela morre, então Maria assume sua identidade e seu nome.

- Lúcia passa a viver em Santa Teresa com a irmã mais nova, Ana [10], que não sabe do parentesco. Paulo sempre as visita, então Lúcia pede que se case com Ana e vivam seu amor de forma pura. Ele recusa, mas aceita ser um pai para a menina. Tempos depois, Lúcia engravida, mas sente que o bebê já não vive em seu corpo impuro. Recusando-se a abortar, ela morre. Seis anos se passam, Ana está casada e Paulo vive das doces lembranças de Lúcia.